Donna Lancaster

Sei ganz du

Weise Worte für Frauen

Aus dem Englischen von
Stefanie Schäfer

Für meine geliebten Töchter – Gemma und Lucy

Möge dieses Buch dazu beitragen, dass ihr lernt, unter Wasser zu atmen und stets daran zu denken, dass unten in der Tiefe Perlen zu finden sind.

Ich liebe euch TMD WAMH. Für immer xx

Inhalt

Einleitung

Viele unserer Vorfahren versammelten sich jeden Abend mit ihrer Großfamilie um ein Feuer, um Essen zuzubereiten, zu kochen, zu essen, sich zu entspannen und sich über die Probleme und Höhepunkte des Tages auszutauschen. Kinder, Eltern, Großeltern, Urgroßeltern, Tanten und Onkel kamen alle zusammen, um sich nahe zu sein. Was für ein schönes Ritual! Bei jedem Treffen am Feuer konnten Geschichten erzählt, Tränen vergossen, Witze gemacht und gelacht, geschimpft, beruhigt und Ratschläge erteilt werden. Oft alles auf einmal, und dabei wurde gegessen, gekuschelt und getanzt.

Häufig waren es die ältesten Mitglieder der Gemeinschaft, die am meisten respektiert und verehrt wurden. Jeder wusste, dass diese weisen Ältesten bereits den langen und verschlungenen Pfad des Lebens beschritten und dabei viele Widrigkeiten überwunden und hart erkämpfte Lektionen gelernt hatten. Die Ältesten wussten, dass ihnen die Aufgabe und Verantwortung zufiel, denjenigen, die in ihre Fußstapfen traten, den nächsten Generationen, eine leitende und helfende Hand zu reichen. Wenn also diese weisen Ältesten bei den Versammlungen am Feuer das Wort ergriffen, hielten die übrigen Mitglieder der Gemeinschaft inne und hörten zu. Wenn sie schwiegen, war dies umso bedeutsamer.

Vielleicht können sich einige von euch glücklich schätzen, weil sie noch immer eine solche Großfamilie besitzen, die sich, wenn nicht um ein loderndes Feuer, so doch zumindest um einen Esstisch versammelt. Vielen von uns bleibt dieses Glück jedoch versagt, weil die einzelnen Familienmitglieder oft weit voneinander entfernt leben, manchmal sogar in verschiedenen Ländern, und diejenigen unter euch, die wie ich aus einer dysfunktionalen Familie stammen oder einer, in der man sich entfremdet hat, haben aus anderen Gründen keinen Kontakt zu den älteren und weiseren Verwandten.

Wir haben viele dieser zutiefst wichtigen und zusammenschweißenden Gemeinschaftsrituale verloren, durch die wir Bindungen zueinander aufbauten und vertieften. Niemand bringt uns mehr bei, den Rhythmus der Jahreszeiten und die Zyklen von Sonne und Mond zu lesen und zu verstehen; keiner lehrt uns, das fruchtbare Land zu ehren und die vielfältigen Früchte des Feldes zu hegen und zu verarbeiten. Auch Initiationsriten sind in Vergessenheit geraten, mit denen die Gruppe den jungen Leuten half, die Schwelle von der Kindheit zum Erwachsensein zu überschreiten. Kein Wunder, dass sich so viele junge Menschen so verloren, isoliert und einsam fühlen – sie sind es tatsächlich.

Viele sehnen sich immer noch unbewusst nach der Unterstützung und Führung durch eine Gemeinschaft, insbesondere nach älteren Menschen, die ihnen helfen, ihren eigenen steinigen Weg ins und durch das Erwachsenenalter zu meistern. Aber an wen können sie sich heutzutage wenden, wenn sie diese Art von Liebe und Unterstützung brauchen? Wer ist da, um ihnen Orientierung und Rückhalt zu bieten, wenn sie sich verloren, verwirrt oder ängstlich fühlen? Wer gibt ihnen einen kräftigen Schubs oder einen sanften Klaps, gefolgt von einer liebevollen Umarmung, wenn sie zu weit vom »richtigen« Weg abgekommen sind?

Manche können natürlich auf die Unterstützung ihrer Eltern zählen, aber auch diese haben zeitweise mit ihren persönlichen Herausforderungen und ihrer Zerrissenheit zu kämpfen. Oft brauchen die Eltern ihre eigenen »Ältesten«, die sie um Rat fragen können. Junge Leute, die keine älteren Verwandten haben, können sich heutzutage oft nur an die sozialen Medien wenden, und es scheint, als hätten dort viele eine Menge zu sagen, obwohl ich mir nicht sicher bin, wie viel davon als Weisheit gelten kann ... Ich glaube, wir brauchen wirklich weise Älteste, und das müssen nicht immer Verwandte sein.

Obschon sowohl Männer als auch Frauen traditionell die Rolle der Ältesten übernommen haben, konzentrieren wir uns in diesem Buch speziell auf die weiblichen Ältesten. Im Laufe der Geschichte waren Frauen die Torwächterinnen für den Beginn und das Ende des menschlichen Seins: Hebammen, die uns in der Welt willkommen heißen, und Sterbebegleiterinnen oder Töchter, die uns beim Verlassen der Welt unterstützen. Zwischen diesen beiden Pforten sind es die Frauen, die ihre Weisheit mit uns teilen und uns in ihren jeweiligen Rollen als Freundinnen, Schwestern, Mütter, Großmütter, Heilerinnen und Lehrerinnen beraten und unterstützen. Neben diesen Rollen gibt es auch die weiblichen Archetypen der Hexe, der alten Frau, der weisen Frau, der Göttin, der Königin, der Schamanin und der Ältesten – um nur einige zu nennen. Es ist das göttliche Weibliche in jedem dieser Archetypen, das andere Frauen aufbaut, tröstet, berät und liebt, damit sie ihrerseits wachsen und gedeihen können.

Die meisten von uns Frauen sind in ein patriarchalisches System hineingeboren worden und darin aufgewachsen, und wir spüren die Bürde, die auf uns lastet, auch wenn wir sie noch nicht in Worte fassen können. Während wir allmählich dieses überholte, toxische Modell hinter uns lassen, beginnen wir zugleich, unsere eigentliche Natur zurückzuerobern. In meinem Buch geht es um diese Reise. Eine Rückkehr zur göttlichen Wahrheit über uns selbst. Als Älteste in der Ausbildung bin ich der Meinung, dass die Welt – wenn überhaupt – nur durch das göttliche Weibliche gerettet werden kann.

Was also ist eine »Älteste«?

Eine Älteste ist für mich eine Person, die mit dem Alter auch weiser geworden ist. Viele werden leider nur älter und beklagen den Verlust ihrer Jugend. Sie schauen immer nur zurück auf das, was gewesen ist oder hätte sein können, ohne dabei das, was sie zwangläufig aus ihren Kämpfen gelernt haben, mitzunehmen, sich weiterzuentwickeln und das Gelernte zu tradieren. Meine Eltern waren leider genau so, und vielleicht sind es eure auch. Eine Älteste erkennt jedoch, dass sie die Reise einer Heldin hinter sich hat. Sie hat sich mutig der Dunkelheit in ihr und außerhalb von ihr gestellt und auf ihrem Weg mit vielen Dämonen und Drachen gekämpft. Sie hat nie vergessen, dass die Liebe das Allergrößte ist.

Während ihrer vielen Kämpfe hat die Älteste, die dunklen Wasser ihres Lebens erforschend, stets eine Lektion erhalten und mit nach oben gebracht. Diese wertvollen Perlen sind die Gaben, welche sie mit denjenigen teilen möchte, die vielleicht schon im seichten Wasser zu ertrinken drohen oder noch lernen müssen, unter Wasser zu atmen.

Eine Älteste weiß, dass es ihrer Verantwortung und Pflicht obliegt, ihre Weisheit mit allen zu teilen, die bereit sind, zuzuhören und zu lernen.

Eine wahre Älteste wird dich von ganzem Herzen lieben. Mal zärtlich und mal, indem sie dir kaltes Wasser in dein verschlafenes Gesicht spritzt. Was sein muss, muss sein. Sie nimmt sich selbst zurück und setzt sich regelmäßig peinlichen Situationen aus, um sich in Demut zu üben. Eine Älteste, und das ist vielleicht das Wichtigste, kennt und lebt die reine Freude. Sie strahlt sie in die Welt hinaus, und jede erwachende Seele spürt sie, wenn sie in ihrer Gegenwart oder in ihrer Nähe ist. Sie ist wie ein Kompass, ein Licht in der Dunkelheit, das denen, die in ihre Fußstapfen treten, zeigt, wie sie unnötigen Schmerz vermeiden können. (Im Grunde zeigt sie ihnen, wo die Hundescheiße auf dem Pfad des Lebens liegt!)

Dieses kleine Buch der weisen Worte besteht aus einer Sammlung einiger meiner eigenen, hart erkämpften Weisheiten, die ich auf dem erlebnisreichen und chaotischen Weg meines bisherigen Lebens gesammelt habe. Während ich dies schreibe, betrachte ich mich als Älteste in der Ausbildung, denn noch immer stolpere ich, stehe wieder auf, lerne und entwickle mich mit jedem Sturz weiter.

Ich fühle mich jedoch bereit, einige der Weisheiten weiterzugeben, die ich bisher erlangt habe, ebenso wie einige derer, die von weisen Ältesten an mich weitergegeben wurden.

Dieses Buch bietet eine Sammlung von kurzen Texten, die ich geschrieben habe, und richtet sich an Frauen jeden Alters und aus allen Lebensbereichen: junge Frauen, die noch zur Schule gehen oder demnächst ein Studium aufnehmen wollen, karriereorientierte Frauen, frischgebackene Mütter, Alleinerziehende, Frauen im Ruhestand oder Frauen, die sich auf einer spirituellen Reise befinden. Im Grunde sind es Frauen wie du. Ich hoffe, dass meine Worte dich beruhigen, trösten, herausfordern und inspirieren, dir Hoffnung, Liebe, Freundlichkeit, Weisheit und Orientierung geben. Gelegentlich fühlen sich diese Worte vielleicht sogar wie ein kleiner Spritzer kaltes Wasser in deinem Gesicht an (aber immer nur in liebevoller Absicht, versprochen!). Wenn du es zulässt, werden diese Worte wie ein heilender Balsam wirken, der auf die Stellen in dir aufgetragen wird, die schmerzen oder verletzt sind.

Dieses Buch trägt den Untertitel »Weise Worte für Frauen«, und das schließt natürlich alle ein, die sich als Frau identifizieren, auch wenn ihre Geburtsurkunde etwas anderes aussagt. Aber auch wenn du männlich bist, dich als Mann identifizierst oder nicht-binär bist, bist du hier herzlich willkommen, und ich hoffe, dass auf diesen Seiten für jede und jeden etwas dabei ist. Ich würde sagen, dass der Titel eher eine Widmung an die Frauen ist, in erster Linie, weil Frauen einfach fabelhaft sind, und weil sie die Torwächterinnen der Heilung sind und in allen Herzensangelegenheiten den Weg weisen. Dieses Buch hat hoffentlich für alle etwas zu bieten.

Eine »Älteste in deiner Tasche«

Wenn du dieses Buch aufschlägst, ist es, als würdest du dich an eine weise Älteste wenden, die dir Orientierung bietet, dich herausfordert und unterstützt. Wie die Mutter oder Großmutter, die du dir vielleicht schon immer gewünscht hast oder die du gebraucht hättest, um dir dabei zu helfen, auf deinem

Lebensweg die Richtung zu weisen. Immer mehr Frauen wenden sich Büchern zu, um nach Antworten auf den tieferen Sinn des Lebens zu suchen und die Herausforderungen des Lebens zu meistern. Die Worte auf diesen Seiten bringen es auf den Punkt: kurze, verständliche Texte, die universelle Themen wie Liebe, Verlust, Heilung und alles dazwischen behandeln. Jeder Beitrag ist eine Einladung, das Leben jenseits vergangener Verletzungen und Traumata oder aktueller Probleme neu zu entdecken. Sie sollen dich ermutigen, deine alten Überzeugungen zu hinterfragen, tiefer zu gehen und dein Leben und alles andere aus unterschiedlichen Perspektiven zu betrachten. Du wirst deine eigene Stimme in diesen Worten hören, auch wenn du sie noch nicht selbst artikulieren kannst. Jede Seite ist ein Weckruf, der uns alle dazu anregt, im Leben nach Höherem zu streben als dem, was die Welt uns bietet.

Ich hoffe, dass du den Wunsch verspürst, dieses kleine Buch in deiner Tasche mit dir zu tragen, es auf deinen Nachttisch zu legen oder jeden Morgen beim Kaffeetrinken darin zu blättern, wenn du ein wenig Inspiration oder Ermutigung brauchst. Es kann dir in schwierigen Zeiten eine Stütze sein, oder du kannst täglich darin lesen, um in dich zu gehen und dich inspirieren zu lassen, etwa als persönliches Ritual. Vielleicht schlägst du es intuitiv auf einer scheinbar zufälligen Seite auf und findest genau die richtigen Worte, die du für diesen Tag oder für diese Phase in deinem Leben brauchst. Ich würde in dem Fall sagen: Das Universum zeigt, was es kann! (Ist es nicht toll, wenn das passiert?) Vielleicht fühlst du dich auch von einem bestimmten Kapitel angezogen, weil es ein Thema behandelt, das dich gerade besonders beschäftigt oder dir bei aktuellen Problemen hilft. Vertraue auf dein Gefühl!

Eines möchte ich klarstellen: In diesem Buch geht es definitiv nicht darum, Ratschläge zu erteilen, dir die »ultimative Wahrheit« zu verkünden oder dir zu sagen, was du tun sollst. Es geht vielmehr darum, dir eine andere Sichtweise zu vermitteln, die Perspektive einer Person, die dir möglicherweise ein paar Schritte auf dem Lebensweg voraus ist – das ist alles. Denn die Weisheit, die diese Seiten enthalten, trägst du bereits in dir! Ja, ganz richtig. Dieses kleine Buch wird dir lediglich dabei helfen, tief in dich hineinzuschauen und dich dazu anregen, auf deine eigene tiefere Weisheit zu hören anstatt auf die nörgelnden Stimmen in deinem Kopf. Wenn du die Worte, die dich am meisten ansprechen, stets aufs Neue liest, wirst du allmählich wieder lernen, dir selbst zu vertrauen. Du wirst deine vielen Kämpfe als einen notwendigen Teil des menschlichen Daseins betrachten und mit der Zeit die Geschenke entdecken, die die schmerzlichen Erfahrungen durchaus mit sich bringen.

Es wird dir ermöglichen, wieder Freude zu empfinden (oder dir in Aussicht stellen, dass du welche empfinden kannst), denn auch wenn uns viele Schwierigkeiten und Stolpersteine auf unserem Lebensweg erwarten, so weiß ich doch eines ganz sicher: Wir dürfen nie vergessen, den Blumen Beachtung zu schenken und ihren Duft zu genießen. Wenn du also auf den Rücken fällst, denke daran, dass du dabei die Augen öffnen, nach oben blicken und die Sterne sehen kannst. Oder wenn du (mal wieder) mit dem Gesicht im Dreck der Demütigung landest, denk daran, am frischen Gras oder der Erde unter dir zu schnuppern.

Bevor du also die nächste Seite aufschlägst, um dieses Buch richtig zu beginnen, lade ich dich ein, einen Moment lang die Augen zu schließen, das Buch auf deinem Schoß liegen zu lassen und dir vorzustellen, wie du an einem Lagerfeuer sitzt. Rieche den herrlichen Duft der brennenden Holzscheite und höre das Knistern, während du vor deinem geistigen Auge die flackernden, wunderschönen Farben der magischen Flammen siehst. Stell dir vor, dass eine Schar Verwandter neben dir sitzt. Sieh dir ihre lieben Gesichter genau an. Vielleicht ist es deine eigene Familie oder die Familie, die du dir ausgesucht hast – Freund*innen, Partner*innen, Geschwister, Haustiere. Lade sie alle mit ein! Spüre noch einmal die Hitze des Feuers auf deinem Gesicht, und wie es deine Hände und deinen ganzen Körper wärmt. Nimm wahr, wie gut es sich anfühlt, hier zu sein, draußen in der Natur und in der Gemeinschaft. Nimm alles tief in dir auf.

Und wenn du dich ein letztes Mal in der Gruppe um das Feuer umsiehst, wirst du erkennen, dass dir gegenüber eine weise Älteste mit einem warmherzigen Lächeln und einem schelmischen Augenzwinkern sitzt, die dir wichtige Geschichten zu erzählen hat. Sei ganz ruhig und rücke näher an sie heran, wie ein Kind, bescheiden, offen und neugierig. Neige dich zu ihr und höre ihr aufmerksam zu, denn vielleicht hält sie ja ein paar Perlen für dich bereit. Und wenn du ganz genau hinhörst, kann es sogar sein, dass sich zwischen ihren Worten eine tiefere Bedeutung für dich verbirgt.

Und später wird bestimmt auch noch getanzt …

1
Familie

Unvollkommene Liebe

Gestern ging ich mit meinem Enkel an den Strand, wo wir »Gefühlskiesel« sammelten und sie dann ins Meer warfen, um mit einem lauten Schrei unseren Frust und Herzschmerz loszuwerden. Anschließend verbeugten wir uns, um dem Meer dafür zu danken, dass es alles aufgenommen hatte.

Rituale.

Wir spielten Fingerhakeln und aßen Toast, kuschelten uns gemeinsam in einen Sessel und sprachen darüber, wie es sich anfühlt, wenn man jemanden vermisst, den man liebhat. Wir schauten aus dem Fenster hinaus zum überfüllten Strand; zwei Neugierige, die den Trubel draußen an sich vorüberziehen ließen. Wir diskutierten über achtlos weggeworfenen Müll und die Auswirkungen auf die Umwelt. Das alles war so schön, dass es mir richtig zu Herzen ging.

Momente.

Später am selben Tag schrie ich meinen Enkel an, dabei wollte ich eigentlich nur sagen: »Ich bin müde, bitte lass mich in Ruhe.«

Gleich darauf nahm ich ihn auf den Schoß, schaute ihm in die Augen und erklärte ihm, ohne mein Verhalten zu beschönigen, warum ich so reagiert hatte. Ich küsste seine Tränen weg und spürte, wie sich sein kleines Herz in seiner Brust beruhigte, als er meine Entschuldigung und die darin enthaltene Liebe hörte und fühlte.

Ich hatte Gewissensbisse, verzieh mir und schwor mir, es beim nächsten Mal besser zu machen. Dann spielten wir ein Kitzelspiel und pupsten beide. Unvollkommene Liebe.

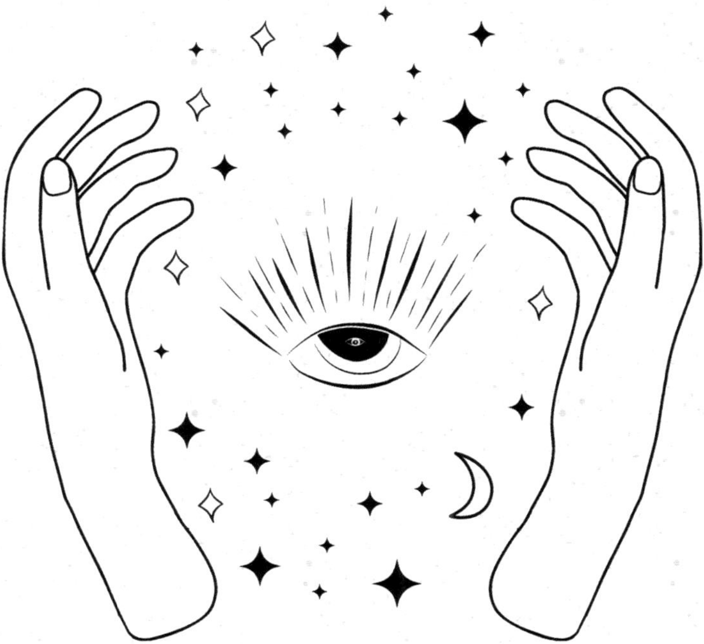

Aufarbeitung der Familiengeschichte

Es ist eine heikle Aufgabe, als Mutter so zu sein, wie man es gerne wäre, wenn man selbst keine richtige Mutterliebe erfahren hat. Am Anfang hegen wir alle so viele Hoffnungen und Träume, was die Erziehung dieses kostbaren kleinen Wesens angeht – wir wollen alles ganz anders machen als unsere Eltern, ist doch klar! Doch wenn wir unsere Geschichte nicht aufarbeiten, werden wir früher oder später ungläubig feststellen, dass wir mit unserem Kind so reden, wie unsere Mutter es mit uns getan hat. Die Dysfunktionalität unserer Mutter lebt in uns weiter und gesellt sich zu unseren eigenen Unvollkommenheiten. Schließlich sind wir gar nicht so verschieden.

Aber: Keine Mutter trägt ein Kind in sich, bringt es zur Welt, sieht ihr wunderschönes Baby an und denkt: »Ich werde dich so richtig fertigmachen.« Und doch fügen wir unseren Kindern oft Leid zu, wie der Dichter Philip Larkin ganz richtig bemerkt hat. Wir machen Fehler, wir schreien, wenn wir zuhören sollten, wir sind mit dem Kochen beschäftigt, wenn sie kuscheln wollen.

Wir sind fix und fertig und konzentrieren uns auf das, was getan werden muss, anstatt einfach nur da zu sein. Trotzdem lesen wir ihnen noch eine weitere Gute-Nacht-Geschichte vor, wenn sie darum bitten, obwohl unsere Seele nach etwas Ruhe und Zeit für uns schreit. »Wo bleibe ich eigentlich?«, fragen wir uns, während wir in einen kurzen und unruhigen Schlaf fallen.

Und dann ist da noch die Scham. Eine Scham, die nur eine Mutter kennt. Die Last dieser Scham kann ihre Lebenskraft zerstören. Alle GUTEN Mütter teilen die gleichen Ängste: »Was habe ich getan? Habe ich meine Kinder wirklich verdorben? Ich bin eine schreckliche Person!«

Und jetzt, viele Jahre später, haben auch meine eigenen Töchter als Mütter sowohl Erfolgserlebnisse als auch Schwierigkeiten. Aber sie schleppen keine so schwere Bürde mit sich herum, weil wir sowohl gemeinsam als auch unabhängig voneinander die Vergangenheit aufgearbeitet haben. Dadurch sind wir uns näher als je zuvor.

Von daher kann ich bei meinen Enkeln sitzen und die Älteste sein, die sie brauchen. Ich drücke sie an meine Brust, weich und warm. Ich heile sie mit meiner Liebe. Zweifellos werden sie auf viele Schwierigkeiten stoßen, so wie wir alle. Aber es tröstet mich zu wissen, dass ihre Last in diesem Leben ein wenig leichter sein wird, weil wir ihnen den Weg geebnet haben.

Das kann heilende Aufarbeitung bewirken. Sie hilft wirklich! Wenn du noch nicht damit begonnen hast, dann rate ich dir dringend: Fang damit an!

Vergebung – eine persönliche Reise

1 Es ist unverzeihlich – es gibt keine Entschuldigung für das, was du getan hast.

2 Ich kann dir das nicht verzeihen – es ist unmöglich, der Schmerz sitzt zu tief.

3 Ich werde dir das nicht verzeihen – ich weigere mich, dich vom Haken zu lassen.

4 Ich muss dir verzeihen – ich erkenne, dass Vergebung gut für mich wäre und es dabei nicht um dich geht.

5 Ich will dir verzeihen – ich will diese Verletzungen und Schuldzuweisungen nicht mehr mit mir herumtragen, das ist anstrengend!

6 Ich vergebe dir – ich befreie mich, in dem Wissen, dass Vergeben nicht Vergessen bedeutet.

7 Es gibt nichts zu verzeihen – ich kann deinen Schmerz neben meinem eigenen anerkennen und verstehe zugleich die tiefere Bedeutung deiner Rolle in meinem Leben.

8 Dankbarkeit – ich kann die Vergangenheit hinter mir lassen und erkenne, inwiefern ich von meinen Erfahrungen profitiert habe.

Der Apfel fällt nicht weit vom Stamm

Es ist wirklich sinnvoll, seinen Frieden mit seinen Eltern zu machen, vor allem mit der Person, die dich am meisten verletzt hat, denn früher oder später wirst du auf unzählige Arten werden wie sie. (Das Universum liebt solche Scherze.)

Unsere Sippe

Irgendwann kommt der Tag, an dem wir bei einem aufmerksamen Blick in den Spiegel plötzlich sehen, wie uns unsere Eltern anstarren. Nicht nur, was unsere Gesichtszüge angeht, sondern in unserem ganzen Auftreten, unseren Gedanken, Überzeugungen und Entscheidungen. Jeder Teil von uns ist von unserer Geschichte geprägt.

Und wenn wir genauer hinsehen, bemerken wir im Spiegel, dass hinter unseren Eltern deren Eltern stehen. Und wenn wir noch näher hinschauen, sehen wir die Großeltern unserer Eltern.

So geht es immer weiter zurück, über die Generationen hinweg. Alle Frauen und Männer in unserer Familie, die vor uns da waren, werden vom Spiegel vor uns reflektiert. Dies sind die Menschen, die wir im Guten wie im Schlechten in uns tragen.

Unsere Sippe

Wir haben es in der Hand, inwiefern wir uns all das Gute zunutze machen, das unsere Familiengeschichte uns geschenkt hat, und vergiftete Pfeile, mit denen uns unsere Verwandten fraglos beschossen haben, respektvoll zu entsorgen. Es liegt an uns, unsere Familie zu ehren, indem wir das Leben leben, mit dem wir gesegnet wurden. Liebevoll und echt.

Wenn wir auf unsere Vorfahren zurückblicken, sollten wir uns einen Moment Zeit nehmen, um die großen Opfer zu würdigen, die so viele von ihnen gebracht haben, damit wir heute hier stehen und unser eigenes Spiegelbild betrachten können. Nackte, ungefesselte Füße, die sich mit dem warmen, festen Boden unter uns verbinden.

»Oh, lass mich diejenige sein, die die Ketten der Dysfunktion in meiner Familie sprengt und damit uns alle befreit!«

Gut genug ist ausreichend

- Ich lasse meine Kinder im Stich.
- Entsetzlich, dass ich das gerade zu ihnen gesagt habe!
- Sie haben so viel mehr verdient, als ich ihnen geben kann.
- Ich bin so eine schreckliche Mutter.
- Ich weiß nicht, wie ich das machen soll.
- Andere Mütter schaffen das doch.
- Ich schäme mich so, dass ich sie angeschrien habe.
- Manchmal wünschte ich, ich könnte einfach weglaufen.
- Warum kann ich es nicht besser machen?!

Das sagen sich übrigens nur die guten Mütter.

Nur damit du es weißt.

Und noch ein letzter Gedanke … Eine »ausreichend gute Mutter« (nach der Definition des Kinderarztes und Psychoanalytikers Donald Winnicott) ist, wer die Bedürfnisse seiner Kinder öfter erfüllt als nicht erfüllt.

Nur damit du es weißt.

Verlust

Ich habe meine Mutter insgesamt drei Mal verloren.

Das erste Mal als kleines Kind, als sie aufgrund ihrer neurotischen Beziehung zu meinem alkoholkranken Vater nicht für mich da war. Sie war anwesend, aber nicht da. Jedenfalls nicht für mich.

Das zweite Mal verlor ich sie als junge Frau, als ich ihr Vorwürfe machte und sie zurückwies, wie sie mich zuvor zurückgewiesen hatte. (Rache war, wie sich herausstellte, nicht besonders süß.)

Zum dritten Mal habe ich meine Mutter verloren, als sie starb.

Bei jedem einzelnen Mal sehnte ich mich nach ihr. Jedes Mal vermisste ich sie. Und die ganze Zeit über habe ich sie geliebt.

Eine zuckersüße Liebe

Meine Mutter äußerte ihre Liebe zu uns, indem sie uns Süßigkeiten gab. Sie kochte selten für uns, da sie ständig arbeiten musste, aber sie ließ uns etwas von ihrem hart verdienten Geld da, damit wir uns etwas zum Naschen kaufen konnten. Immer wenn mein Vater sie oder uns geschlagen hatte, fanden wir nach dem Aufwachen Cadbury Cream Eggs und Fanta vor unserer Schlafzimmertür. Extraservice. Eine Art Entschuldigung; auch eine Form der Liebe.

Meine Mutter gab sich große Mühe, uns zu lieben, tief aus ihrem erschöpften, gebrochenen und geschlagenen Herzen heraus. Sie wollte so unbedingt, dass wir die Süße des Lebens und der Liebe kennenlernten. Aber wir bekamen sie viele Jahre lang nur in Form eines Schokoladeneis.

Bis heute liebe ich Süßes und beruhige mich damit, wenn ich eigentlich den Trost und die Liebe einer Mutter bräuchte. Der Unterschied besteht darin, dass ich mich, nachdem ich längst den Zusammenhang begriffen habe, nicht mehr dafür verurteile. Ich setze dem Kind in mir, das Trost braucht, einfach Grenzen. Ja, es darf gelegentlich etwas Süßes naschen, aber ansonsten erhält es stattdessen meine uneingeschränkte Liebe und Zuwendung.

Die Form der Zärtlichkeit

Als meine Mutter starb, veränderte mein Herz nicht nur seine Größe, sondern auch seine Form und Farbe. Ich spürte körperlich, wie es aufbrach und über Nacht (mindestens) auf das Doppelte anschwoll. Das tat weh.

Doch als ich am Morgen nach ihrem Tod erwachte, hatte ich das Gefühl, als könnte ich viel tiefer einatmen. Endlich, nach mehr als vier Jahren des Wartens und der Frage, wann der Tod sie holen würde, war es vorüber. Die Erleichterung, aber auch die tiefe Traurigkeit, waren überwältigend.

Die Form, die mein Herz annahm, war die der Zärtlichkeit. Wer noch keine nahestehende Person verloren hat, kann sich diese Form vielleicht nicht vorstellen, aber alle anderen wissen, was ich meine.

Die Farbe, die sich daraus ergab, war die tiefste Schattierung wahrer Liebe. Heute weiß ich, dass dies das Abschiedsgeschenk meiner Mutter an mich war, als sie diese Erde verließ und ihre Seele nach Hause flog. Sie hat mir mein ganzes Herz zurückgegeben. Danke, Mum.

Versöhnung

Der Tag, an dem ich endlich erwachsen wurde, war jener, an dem ich meine Mutter und meinen Vater in erster Linie als Frau und Mann sehen konnte, die ein Leben, Liebe und Sehnsüchte hatten, lange bevor sie meine Eltern wurden.

Als ich erkennen konnte, dass jeder von ihnen einmal ein kleines Kind war (genau wie ich) mit Hoffnungen und Träumen (genau wie ich). Als ich in der Lage war, ihren Schmerz und ihr Leid zu betrachten, ohne es mit meinem eigenen zu vergleichen, und erkannte, dass sie viele Fehler gemacht hatten, weil sie Menschen waren (genau wie ich).

Und als ich schließlich begriff, was sie für mich geopfert hatten und welche Gaben sie an mich weitergereicht hatten, fühlte ich mich befreit. Es gab nichts mehr zu verzeihen.

Ahnenreihe

Dreh dich um, schau zurück und sieh, wer die ganze Zeit hinter dir stand.

Deine Vorfahren.

All die Frauen und Männer, die vor dir da waren. Sieh dir ihre Gesichter an, bringe ihre Namen in Erfahrung, stell dir ihre Probleme vor.

Dann geh auf die Knie und danke ihnen. Weine vor Dankbarkeit für das, was sie für dich geopfert haben. Lege Essen für sie auf deinen Altar. Bete den Boden an, auf dem sie gegangen sind. Ihre Füße sind auch die deinen …

Steh auf und lehn dich zurück in ihre Arme. Spüre, dass du jederzeit gehalten und unterstützt wirst. Sie stärken dir den Rücken. Ein unsichtbares Team, das dich anfeuert.

Und jetzt los, mach sie stolz!

2
Heilung

Der Weg der Demut

Deine Wunde gleicht einem Tor, und du musst den Mut aufbringen, hindurchzukriechen, um die goldenen Gaben zu entdecken, die dich auf der anderen Seite erwarten. Es wird in jedem Fall schmerzhaft werden (wenn auch nicht so sehr wie das Verdrängen dieser Verletzung). Aber sei gewarnt: Du kannst nicht hoch erhobenen Hauptes und herablassenden Blickes durch das Portal marschieren oder rennen, und du kannst dich auch nicht auf eine andere Art und Weise geschickt in Sicherheit bringen (träum weiter). Du kannst auf keinen Fall darunter hindurch, darüber hinweg oder darum herum gehen (obwohl es viele Menschen versuchen). Die Wahrheit ist, dass dein Wundportal absichtlich so geformt und bemessen ist, dass du nur auf Knien hindurchpasst.

Die Geschichte deines Lebens

Wenn du dein ganzes Leben damit verbringst, vor alten Verletzungen wegzulaufen, zu fliehen und sie zu verdrängen, ohne dir Zeit für Reflexion und innere Einkehr zu nehmen, wie willst du dann jemals die tiefere Weisheit deiner eigenen Seele entdecken?

Niemals Seelenarbeit zu leisten ist so, als würdest du dein ganzes Leben lang kein einziges Buch lesen! Du kommst der Weisheit nicht auf die Spur. Die verschiedenen Charaktere und die Rollen, die sie in deiner Geschichte, die sich dein Leben nennt, spielen, bleiben dir fremd«

Wie willst du jemals erfahren, was sich geheimnisvollerweise zwischen den Zeilen deiner eigenen Geschichte verbirgt, wenn du dich nicht mit dir selbst auseinandersetzt? Hinzu kommt die profane, aber dennoch tiefgründige Wahrheit, dass das Ende stets ein neuer Anfang ist und dass es sich schließlich immer nur um eine Geschichte handelt … und dass du lernen kannst, eine neue zu schreiben.

Fallen

Manchmal glaubst du, du hättest den Tiefpunkt erreicht, aber leider stellt sich heraus, dass es noch nicht soweit ist. Es war nur ein Vorsprung am Abgrund, es geht noch weiter hinunter. Vielleicht hast du einen unvorsichtigen Schritt gewagt?

Atme tief durch, denn du kannst garantiert noch viel tiefer fallen …

Sich selbst zu Hause willkommen heißen

Sich selbst zu Hause willkommen zu heißen bedeutet, bewusst zu beginnen, sämtliche Teile von dir anzunehmen, zu akzeptieren und schließlich zu lieben. Dazu gehört auch, dass du zu den Aspekten aus deiner Kindheit zurückkehrst, die du möglicherweise im Laufe der Zeit vergessen oder verdrängt hast.

Kennst du den Teil von dir, der sich nie gut genug fühlt? Kehre zu ihm zurück.

Erinnerst du dich an den Teil von dir, der sich hässlich und dumm fühlt? Kehre zu ihm zurück.

Und der nicht liebenswerte Teil? Ja, auch zu ihm.

Und wie machen wir das? Natürlich geht das nicht von heute auf morgen, und im Idealfall hilft es, bei diesem Prozess Unterstützung zu haben. Dies sind einige Dinge, die ich auf meinem Weg gelernt habe:

1 Werde zur »emotionalen Detektivin« in deinem Leben. Lege eine Liste der Erfahrungen an, die besonders schmerzlich für dich waren und füge hinzu, wie alt du zu dem Zeitpunkt warst. Schreibe auf, was du dabei empfunden hast oder noch heute empfindest und welche grundlegenden Überzeugungen du daraus abgeleitet

hast. Werde dir zum Beispiel bewusst, dass du bis heute ein vier-, sieben- und elfjähriges verletztes Kind in dir trägst. Sie sind ein Teil von dir und brauchen dich. Sie gehören zu dir. Es ist sehr schwer, sich ohne sie vollständig zu fühlen.

2 Erzähle einer vertrauenswürdigen Person, was mit dir passiert ist. Trau dich, dich anderen gegenüber zu öffnen, die nicht daraufhin versuchen, dich in Ordnung zu bringen oder deine Erfahrungen kleinzureden.

3 Lass deinen Gefühlen hinsichtlich dessen, was mit dir passiert ist, freien Lauf. Wut, Traurigkeit und Angst, sie haben alle ihren Platz. Trauere mit deinem ganzen Körper. Halte deine eigene Hand, während du das tust.

4 Trage deine kindlichen Anteile jeden Tag bei dir. Wenn du ein Foto von dir im betreffenden Alter hast, stecke es in die Tasche und nimm es mit. Sag dir: »Manchmal gibt es einen Teil von mir, der sich nicht gut genug fühlt, und das ist in Ordnung. Ich lerne gerade, diesen Teil von mir zu lieben und zu akzeptieren. Er ist hier willkommen.«

5 Sei deine eigene beste Freundin. Wort für Wort, Entscheidung für Entscheidung, Tag für Tag.

Wenn du diesen Prozess konsequent durchführst, wirst du eines Tages aufwachen und feststellen, dass dein Herz nicht mehr gebrochen ist. Du wirst seine Ganzheit spüren (einschließlich aller Narben) und erkennen, dass sämtliche Teile von dir endlich nach Hause gekommen sind.

6 Du wirst anfangen zu kichern …

Neuzugänge

Das Glück kam zu mir, als ich meine
Einstellung änderte.

Schluss mit den Dramen

Wie viele von euch bin ich in einem chaotischen Umfeld aufgewachsen, in dem es häufig zu dramatischen Szenen kam. Mein Vater war ein gewalttätiger Alkoholiker, meine Mutter liebessüchtig. Es verging kaum ein Tag, an dem es nicht zu Streitigkeiten oder Wutausbrüchen kam. Bei uns zu Hause wurden Sachen mutwillig zerstört und durch die Gegend geschmissen, und diese Art Aggression machte auch vor den Menschen nicht Halt.

Unser Zuhause war angstbesetzt; es bot uns Kindern keine Geborgenheit. Ich bezeichne es oft als Kriegsgebiet, denn für ein kleines, verängstigtes Kind fühlte es sich tatsächlich so an. Die Großen, die uns eigentlich lieben und beschützen sollten, kannten keine Affektkontrolle und verletzten sowohl sich als auch uns.

Von daher ist es nicht verwunderlich, dass ich als Erwachsene die dysfunktionalen Beziehungsmuster meiner Kindheit wiederholte. Ich hatte mich so sehr an die Reizüberflutung meines Nervensystems gewöhnt, dass ich süchtig danach war wie nach einer Droge.

Ich suchte ständig nach Drama, Gewalt und Chaos, und wenn ich nichts davon fand, verursachte ich es selbst. Diese Zustände fühlten sich vertraut an. Schmerzhaft, aber vertraut. Ich verband Liebe mit Schmerz und Nähe mit Verletzung. Etwas anderes kannte ich nicht.

Sobald mir Menschen zu nahe kamen, die auch nur im weitesten Sinne normal waren, verjagte ich sie und schrie ihnen: »LANGWEILER!« hinterher. Ja, es war wirklich ein Drama.

Bis ich es (oder besser: mich) eines Tages einfach nicht mehr ertragen konnte. Von da an begann schrittweise meine Heilung. Ich hörte auf, mir etwas vorzumachen und begann eine Therapie. Ich blieb länger als zehn Minuten Single und nahm an einem 12-Schritte-Programm gegen Liebessucht teil. Ich hörte endlich auf, mich selbst zu quälen. Ich hörte auf, das verletzte kleine Mädchen in mir zu verraten, das Sicherheit und Liebe brauchte. Für sie wagte ich die Umkehr.

Ich erholte mich und wurde gesund. Ich empfand sogar Freude. Wer hätte das gedacht?!

(Und du schaffst das auch, glaube mir!)

Akzeptiere dein inneres A***loch

Wie viele von uns wissen, besteht unser Heilungsprozess unter anderem darin, sämtliche Anteile unserer Persönlichkeit zu sammeln und in uns zu integrieren, vor allem diejenigen, die wir bisher abgelehnt und hart verurteilt haben. Die Teile von uns, die sich »minderwertig« oder »unwürdig«, »übertrieben« und »beschämend« anfühlen, müssen also offen angegangen, betrauert und wieder in uns aufgenommen werden.

Nach Hause kommen.

Das Gleiche gilt für unser inneres A***loch. Das ist der Teil von uns, der das Dunkle, Negative in sich trägt. Der Teil von uns, der offen gesagt wirklich etwas widerwärtig ist. Diese Version von uns, die manchmal gemeine Dinge sagt und egoistisch, stur, kindisch, wütend und unfreundlich sein kann.

Natürlich geht es nicht darum, dieses dunkle Selbst ohne Konsequenzen Amok laufen zu lassen. Stattdessen müssen wir darauf achten, diese Aspekte im Auge zu behalten und sie bei Bedarf zu zügeln. Wir sollten sie jedoch weder leugnen noch verurteilen noch ablehnen. Sie sind ein Teil unserer Realität. Unser authentisches, fehlerhaftes Selbst.

Dein inneres AL zu akzeptieren bedeutet, dass wir die Masken des »Wir müssen immer perfekt/schön/sympathisch sein« ablegen und erkennen müssen, dass auch wir manchmal ein unvollkommenes A***loch sein können. Und das ist in Ordnung. Daran oder an uns ist nichts auszusetzen. Denn es heißt auch, dass wir menschlich sind. Voll und unvollkommen lebendig.

Ganz.

An dem Tag, an dem ich akzeptiert habe, dass Teile von mir auch unangenehm sein können, ist mir ironischerweise das Herz aufgegangen.

Ein Hoch auf das innere A***loch! Auf deins und meins.

Trauer ist blutende Liebe

Wenn wir uns schneiden, bluten wir. Wir wissen das. Das Blut zeigt uns, dass wir verletzt sind und die blutende Stelle versorgen müssen. Blut spielt eine wichtige Rolle bei der Reinigung der Wunde und verhindert eine Infektion.

So ist es auch mit der Trauer. Sie zeigt uns, dass wir verletzt sind und uns um die Wunde kümmern müssen. Unser Herz ist aufgerissen worden, und die ganze Liebe, die wir für denjenigen oder dasjenige, das wir verloren haben, in uns tragen, beginnt aus uns herauszubluten und die Wunde zu reinigen. Wenn wir uns ihr mit unserer ganzen Aufmerksamkeit widmen und all unsere Emotionen und Tränen zulassen, wird sie ganz langsam zu heilen beginnen. Und mit der Zeit wird sich die Wunde schließen und irgendwann zu einer Narbe verheilen. Einer kostbaren, schönen Narbe.

Die ganze Liebe, die aus uns herausblutet, ist nicht verloren. Sie ist vielmehr der heilende Balsam für die Wunde. Fast wie das letzte kostbare Geschenk unserer verlorenen Liebsten, auf dass unsere Fähigkeit zu lieben wachse.

Immer mehr.

Und wenn man ganz genau hinsieht, erkennt man, dass die Tränen in Wahrheit einfach flüssige Tropfen der Liebe sind. Wie schön.

Trauer ist blutende Liebe.

Sie zeigt uns, wie viel uns das bedeutet hat, was wir verloren haben. Manchmal ist dies sogar ein Teil unserer selbst.

Es ist nicht der Preis, den wir für die Liebe zahlen.

Trauer IST Liebe.

Also lass dein schönes gebrochenes Herz bluten.

Versöhnung

Vor Kurzem habe ich mich mit einer Person gestritten, die ich sehr liebe. Es gab ein Missverständnis, und in der Hitze des Gefechts haben wir beide manches gesagt, was wir nicht so meinten. Wir gingen im Streit auseinander, wortkarg und verärgert. Es flossen Tränen.

Am Abend setzte ich mich hin und dachte über das Gespräch nach, und auch darüber, was es in mir ausgelöst hat und warum. Ich machte mir Notizen. Ich schätze diese Person sehr, also war es das Mindeste, was ich tun konnte. Außerdem wollte ich aus dem Vorfall lernen, um den gleichen Fehler möglichst nicht noch einmal zu machen. Ich möchte wirklich niemanden verletzen.

Am nächsten Morgen spülte ich meinen Stolz die Toilette hinunter und meldete mich bei der Person. Ohne zu sehr ins Detail gehen zu wollen, folgt hier die gekürzte Version des Gesprächs, das ich geführt habe und das für manche von euch vielleicht hilfreich sein könnte. »Es tut mir leid wegen gestern, und ich wollte mich für die Taktlosigkeiten entschuldigen, die ich gesagt habe. Ich habe mich ungeschickt ausgedrückt und weiß, dass ich dich verletzt habe. Das war nicht meine Absicht. Irgendwann war ich so trotzig, dass ich dir nicht mehr zugehört habe. Es ging mir nur noch darum, zu beweisen, dass ich im Recht war. Außerdem ging es bei dem, was ich gesagt habe, im Grunde um mich. Ich habe meine Gefühle auf dich projiziert. Das hast du nicht verdient, und ich nehme es zurück. Ich halte sehr viel von dir und habe dich gern. Würdest du meine Entschuldigung annehmen?«

Daraufhin haben wir uns wieder zusammengerauft, einfach so. Wir haben uns ausgesprochen, anstatt unser Zerwürfnis unter den Teppich zu kehren. Es blieben keinerlei Groll oder Verbitterung zurück. Tabula rasa. Wir haben uns versöhnt.

Anzeichen

Dies sind Anzeichen dafür, dass du dich auf dem Weg der Heilung befindest:

- Du glaubst nicht mehr alles, was du denkst.

- Du reflektierst dein Verhalten und hinterfragst deine gewohnten Denk-, Gefühls- und Verhaltensweisen.

- Du reagierst manchmal noch nach alten Mustern, kannst dich aber schneller beherrschen und anstatt auf der Kind- auf der Erwachsenenebene reagieren.

- Kritik schmerzt dich noch, aber du erholst dich leichter und kannst schneller nach vorn schauen.

- Du kannst Feedback annehmen, ohne dich kritisiert zu fühlen oder direkt zum Angriff überzugehen.

- Du selbst übst nicht mehr so oft Kritik, weder an anderen noch an dir.

- Du entwickelst Mitgefühl für die Anteile von dir, die nicht perfekt sind.

- Du liebst dich vielleicht (noch) nicht, aber du lernst, dich zu akzeptieren und sogar zu mögen. Der Rest kommt mit der Zeit.

- Dir ist häufiger danach, die Wahrheit zu sagen und hast keine Lust mehr, dich mit jedem Unsinn aufzuhalten.

- Du fühlst dich weicher, offener und verletzlicher.

- Du weinst und lachst mehr.

- Du überlegst, wie du nachsichtiger mit dir und anderen umgehen kannst.

- Manche alten Beziehungen müssen aufgefrischt oder beendet werden.
- Du setzt öfter Grenzen.

- Du nimmst dich selbst nicht mehr so ernst.

- Smalltalk empfindest du als unnötige Zeitverschwendung.

Wenn das Trauma spricht

Wenn das Trauma spricht, sagt es manchmal: »Ich liebe dich«, ohne es so zu meinen, weil es unbedingt dazugehören will.

Wenn das Trauma spricht, sagt es manchmal: »Bitte tu mir weh«, obwohl es eigentlich meint: »Bitte nimm mich in die Arme.« Manchmal ist es verwirrend.

Wenn das Trauma spricht, geht es manchmal mit jedem ins Bett, der es haben will. Es tut alles, um einen sicheren Ort zum Ausruhen und einen warmen Körper zum Kuscheln zu finden. Wenn auch nur für eine Nacht.

Manchmal bleibt das Trauma viel länger in einer Beziehung, als ihm guttut. Dann wieder rennt es bei der nächsten Gelegenheit weg, soweit die Füße tragen.

Das Trauma spricht die Sprache der Sucht. Es würde alles tun, um den Schmerz zu lindern. (Wer würde das nicht tun?)

Wenn das Trauma spricht, zerstört es manchmal alles und jeden, der ihm zu nahe kommt. Wie der Schatten von Midas. Es fackelt sein ganzes Leben ab, und deines auch, wenn du nicht aufpasst. Dunkle, heiße Kohle und Asche anstelle von glänzendem, solidem Gold.

Wenn das Trauma spricht, kann seine Stimme kalt wie Eis sein. Es wird versuchen, dich zu warnen, damit du dich fernhältst, und Gott helfe dir, wenn du es nicht tust. Die heißen Kohlen warten schon …

Auch wenn das Trauma den Krieg nicht immer anfängt, beteiligt es sich nur zu gerne daran.

Wenn das Trauma spricht, kann es laut und forsch, ablehnend und hart klingen, aber das ist alles nur ein Panzer und ein Verteidigungswall. Unter der Oberfläche ist es verängstigt.

Wenn das Trauma spricht, dann in der Sprache der Scham, der Schuld und der Schuldzuweisung. Unbewusst vermeidet es den zugrunde liegenden Kummer.

Das Trauma weint allein und meistens nachts. Manchmal nur innerlich. Es hat festgestellt, dass das am sichersten ist.

Das Trauma kann vergehen. Trauma ist gefrorene Liebe, und alles, was warm ist, lässt es tauen. Warmherzige Menschen, warmes Wasser, warme Hände, Freundlichkeit, Sonnenschein.

Wenn das Trauma auftaut, wagt es zu hoffen, dass es einen anderen Weg gibt. Eine wärmere Zukunft, die ganz anders ist als die gefrorene, kalte Vergangenheit.
Und es hat Recht.

Die Spur des Traumas

Viele glauben, dass ein Trauma nur Kriegsveteranen oder Opfer schwerer Verbrechen heimsucht, und natürlich sind diese Menschen vielfach davon betroffen. Doch traumatisiert sind häufig auch Kinder, die schikaniert, vernachlässigt, verspottet oder ignoriert worden sind. Die misshandelt wurden und sich in einem chaotischen, unsicheren Zuhause machtlos und verängstigt fühlten.

Aus diesen Kindern werden traumatisierte Erwachsene, solche, denen nicht zugehört wurde, die nicht gefördert wurden, die nicht wahrgenommen und nicht um ihrer selbst geliebt wurden. Die unsichtbaren, geheimen Bewahrer, die schwarzen Schafe und Wahrheitsverkünder der Familie. Traurigerweise trifft das auf viele von uns zu.

Hier sind ein paar Beispiele dafür, wie sich mein Trauma manifestierte als ich zwischen zwanzig und dreißig war:

- Ich war äußerst unabhängig und hasste es, um Hilfe zu bitten. Ich schlüpfte in die Rolle einer Kriegerin, um zu überleben.
- Ich war sehr schreckhaft; schon das kleinste unerwartete Geräusch ließ mich zusammenzucken.
- Ich war von Selbsthass zerfressen und brachte mich in viele riskante und gefährliche Situationen.
- Ich arbeitete und arbeitete und arbeitete, damit ich meinen Schmerz nicht spüren musste. Hat nicht funktioniert.

- Ich schlief mit jedem, der mir Aufmerksamkeit schenkte, und heiratete den ersten Mann, der sagte, er liebe mich. Ich habe mich selbst verraten.
- Ich war laut und frech, um meine Ängste und Tränen zu verbergen.
- Ich wies jede Person zurück, die nett und liebevoll zu mir war, weil ich sie für langweilig und stumpfsinnig hielt. Außerdem musste sie ja blöd sein, wenn sie es wagte, mich zu mögen. Komplett verrückt!
- Ich schlief mit eingeschaltetem Flur-/Schlafzimmerlicht und hatte jahrzehntelang Angst vor der Dunkelheit. In meinem Elternhaus sind nachts schlimme Dinge passiert.
- Männer machten mir Angst, daher benutzte ich meine Sexualität, um Kontrolle über sie zu erlangen. Ich habe einige von ihnen ermutigt, mich zu schlagen, weil ich glaubte, es zu verdienen.
- Ich trank übermäßig viel Alkohol und nahm Drogen, um mit meinen Problemen fertig zu werden. Es glich in vielerlei Hinsicht einem Selbstmord auf Raten.
- Ich schlafwandelte durch die ersten Jahre meiner Kinder und kann mich kaum noch daran erinnern. Das war das Schlimmste von allem.

Das Trauma durch Therapie und Körperarbeit zu überwinden, ging weder einfach noch schnell. Die Trauer zu bewältigen, war schmerzhaft, aber nicht so schmerzhaft, wie mein Leben nur halb zu leben. Langsam aber sicher erholte ich mich von meinem Trauma. Tag für Tag ging es mir besser, und mein Leben wurde leichter. Heilung ist möglich! Versprochen.

Wunder

Wenn wir uns ein Bein brechen, wissen wir, dass wir professionelle Hilfe und Behandlung brauchen, damit es heilt. Wir akzeptieren, dass wir nicht mit einem gebrochenen Bein weiterlaufen können wie bisher, nach dem Motto: »Ach, schon gut, so weh tut‘s gar nicht.« Vielleicht widerwillig oder sogar dankbar bitten wir um Hilfe – erlauben anderen, sich um uns zu kümmern, lassen alles über uns ergehen – und vertrauen darauf, dass unser wunderbarer Körper den Knochen schließlich heilen wird.

Alles zu seiner Zeit.

Wenn wir diesen Ansatz nur auch bei unseren »inneren Brüchen« anwenden würden, zum Beispiel, wenn unser Herz durch das Ende einer Ehe oder den Tod eines geliebten Menschen gebrochen wird, oder wenn wir endlich die niederschmetternde Realität akzeptieren, dass wir vielleicht keine Kinder bekommen können; wenn wir uns nur eingestehen würden, dass wir auch für diese Art von Brüchen Hilfe und Behandlung brauchen! Wenn wir erkennen könnten, dass wir es nicht alleine schaffen müssen und es keine Notwendigkeit dafür gibt, herumzuhumpeln, innerlich zu bluten oder andere zu verletzen.

Wenn wir nur akzeptieren könnten, dass wir nicht so weiterleben können wie bisher. Dass das Leben sich verändert hat. Und dass wir aufhören müssen, wegzulaufen, dass wir auf

Stopp drücken und den Stellen, die wirklich wehtun, Liebe entgegenbringen müssen. Wir sollten anerkennen, dass das Herz Zeit und die Verbände der Zärtlichkeit und der Tränen braucht, um heilen zu können.

Und genau wie bei einem gebrochenen Bein wird auch dein Herz irgendwann wieder vollständig heilen. Es gleicht einem Wunder! Möglicherweise bleibt eine Narbe als Andenken an das zurück, was wir geliebt und verloren haben, und die Erfahrung lässt uns weicher, langsamer, offener, zärtlicher, mitfühlender und dankbarer werden.

Alles zu seiner Zeit.

Akzeptanz

Wenn du allmählich lernst, dich nicht mehr zu wehren und gegen das Leben anzukämpfen, sondern es stattdessen akzeptierst (was übrigens nicht immer bedeutet, dass du es magst) – deinen Körper, deine Verluste, deine Vergangenheit, deine Gesundheit, deine Lebenssituation und das Leben an sich – genau so, wie es ist, verändert sich ironischerweise alles. Vor allem veränderst du dich.

Selbstwertgefühl – eine Definition

»Die Überzeugung, dass du einen eigenen Wert besitzt. Dass du eine Person bist, die für wichtig gehalten wird und die Respekt verdient.«

Selbst wenn wir uns der Tatsache bewusst sind, dass wir wertvoll sind, bewahrt uns das nicht vor Gefühlen wie Traurigkeit, Wut oder Angst. Es bedeutet nicht, dass wir mit einem ständigen Lächeln auf unseren werten Gesichtern durchs Leben schweben (Gott sei Dank!). Und es heißt auch nicht, dass uns das Leben wie eine warme Sommerbrise erscheint.

Wenn wir uns auf eine ganz natürliche Weise unseres eigenen Wertes bewusst sind, bedeutet das ganz einfach, tief aus dem Inneren heraus zu wissen, dass wir keinerlei Selbstbestrafung verdient haben, sei es in Form harscher Worte, Kasteiung oder Selbstverletzung, und zwar egal wie viel wir wiegen oder was wir essen (oder auch nicht), wie wir auf oder abseits von Instagram aussehen, was wir irgendwann einmal zu jemandem gesagt haben (ups), oder was für einen riesigen Fehler wir (wieder einmal) gemacht haben. Nichts davon definiert uns; nichts davon schmälert unsere grundsätzliche Güte und unseren Wert oder unsere Überzeugung, dass wir ein Recht auf Respekt, Mitgefühl, Freundlichkeit und Liebe haben. Vor allem auf unsere eigene.

Eine Nachricht von deinem zukünftigen Ich

Weißt du, wie viele rotierende Teller du in der Luft herumwirbelst? Lass sie nicht einfach fallen, sondern zerschlage bewusst ein paar davon.

Verwandte

Als ich heute aufgewacht bin, lag ich nackt im Bett, und neben mir lag die Traurigkeit. Sie hatte sich die Decke unter den Nagel gerissen, wie sie es manchmal tut. Ich stand auf und versuchte, sie mit dem Quilt zuzudecken, aber sie folgte mir ins Badezimmer. Ich wusch mir das Gesicht und schaute in den Spiegel, und da war sie und starrte mich ernst an. »Hallo«, sagte ich. »Schön, dass du da bist.« Sie antwortete nicht. Sie weiß, wann ich lüge.

Also kochte ich mir Kaffee, und die Traurigkeit setzte sich zu mir aufs Sofa. Dicht gefolgt von der Dankbarkeit. Wie zwei liebende Schwestern saßen sie neben mir, als ich die ersten Schlucke trank. Köstlich!

Ich spürte die Wärme der beiden, die sich sanft an mich schmiegten, während ich aus dem Fenster blickte. Traurigkeit und Dankbarkeit. Dankbarkeit und Traurigkeit. Meine Schwestern.

»Wow, diese Aussicht auf die South Downs kann ich immer wieder genießen«, flüsterte die Dankbarkeit. »Und die Wärme der Sonnenstrahlen auf meinem Gesicht!«

»Ach, lass den Scheiß«, grummelte die Traurigkeit, und dann kicherten wir gemeinsam, wie es Schwestern so machen.

Loslassen

Tief durchatmen. Die Fäuste lockern. Löse sanft die Finger, einen nach dem anderen. Sprich ein Gebet. Dann wage es, endlich loszulassen. Lass die Leiche deines alten Lebens los, an die du dich so verzweifelt geklammert hast. Ja, so ist es gut; lass los.

Ich weiß, du hast Angst. Ich fürchte mich auch. Aber es ist tot. Vorbei. Fort. Eine leere Hülle. Und dein neues Leben wartet geduldig darauf, geboren zu werden. Also lass das alte dankbar und mit tiefstem Respekt los. Betrauere es. Begrabe es. Lass es frei.

Atme tief durch. Ein Neuanfang. Weiche Knie, klopfendes Herz.

Geh auf die Knie. Sprich ein Gebet. Sprich zu einem Gott, an den du möglicherweise noch gar nicht glaubst.

Sei bescheiden. Bitte um Hilfe. Höre zu. Dann beginne neu.

Du bist bereit.

Heilung

Heilung bedeutet, dass du das Leben mit den Augen deines Herzens betrachtest und entsprechend reagierst, anstatt durch die verschwommene Linse deiner Wunden zu schauen und instinktiv zu handeln.

Heilung der Mutterwunde

Stufe 1 – Die leibliche Mutter

Erkenne, dass unsere Mutter, egal wie wunderbar sie war oder ist, uns als Kind (und darüber hinaus) verletzt hat, weil sie menschlich, fehlerhaft, unvollkommen und vielleicht sogar selbst traumatisiert war. Ihre Unfähigkeit, uns so zu lieben, wie wir es brauchten (indem sie uns entweder zu wenig oder zu viel gab), macht uns unfähig, uns selbst so zu lieben, wie wir es brauchen. Wenn wir uns weigern, ihre Rolle in unserem Leiden und unseren Kämpfen anzuerkennen, blockieren wir unsere eigene Fähigkeit zur Heilung.

Stufe 2 – Die innere Mutter

Wenn wir mutig um all das getrauert haben, was wir als Kinder nicht von unserer Mutter bekommen haben, lösen wir uns aus ihrem Schatten und können lernen, uns selbst auf gesunde Weise zu bemuttern. Wir beginnen, all die emotional verwaisten Teile von uns zurückzuholen, die lange Zeit auf Eis gelegt waren. Wir gewinnen unseren Körper zurück. Wir lernen, gesunde Grenzen zu ziehen. Wir bringen uns selbst tiefes Mitgefühl entgegen, indem wir alles, was wir sind, wertschätzen. Wir werden zu der (inneren) Mutter, die wir schon immer brauchten und nach der wir uns sehnten.

Stufe 3 – Die Erdmutter

Wenn wir unser inneres Gleichgewicht finden und alles loslassen, was wir nicht sind, erinnern wir uns nach und nach daran, dass Mutter Erde die Mutter von allem ist. Dies lernen wir unbewusst, da das Wissen tief in unseren frisch geheilten Herzen verankert ist. Die Erdmutter ist das Weibliche, die Schenkerin allen Lebens. Sie nährt, erzieht, reinigt, unterstützt und heilt uns. Täglich. Sie ist die Mutter unserer kühnsten Träume. Sobald wir sie wahrhaftig sehen, wahrhaftig fühlen und ihre wesentliche Rolle verstehen, werden wir (wieder) wach und verpflichten uns, alles in unserer Macht Stehende zu tun, um sie zu retten. Als ob unser Leben davon abhinge.

Peng, du bist tot!

Grausame Bemerkungen sind die Kugeln, und dein Mund ist die Waffe. Du kannst auf dich selbst und/oder andere Menschen schießen – in jedem Fall ist es eine Kriegshandlung.

Die Kriegerin verabschieden

Wenn du wirklich gesund und heil werden willst, um dich wieder an die Fülle dessen zu erinnern, was du wirklich bist, dann musst du der Kriegerin in dir dankbar sein und sie respektvoll bitten, abzutreten.

Die Kriegerin in dir hat dir zweifelsohne sehr gut gedient. Sie ist stark, zielstrebig, entschlossen und konzentriert. Vielleicht hat sie dich sogar manchmal am Leben gehalten. Aber diese Zeiten sind jetzt vorbei. Du bist in Sicherheit, und sie ist erschöpft davon, rund um die Uhr Wache zu stehen.

Es ist an der Zeit, dass sich deine Kriegerin von ihren Aufgaben zurückzieht und sich ausruht. Das wird dem zarten, weichen, verletzlichen und ängstlichen Teil von dir erlauben, wieder Atem zu schöpfen und neu zu erwachen.

Heilung …

Hab keine Angst, denn deine Fähigkeiten als Kriegerin werden immer verfügbar sein, wenn du sie brauchst. Du hast sie bis zur Perfektion trainiert. Du hast einen schwarzen Gürtel mit dem neunten Dan in Verteidigung. Aber es ist an der Zeit, langsam und behutsam die Schichten deiner Rüstung abzustreifen und dein Schwert abzulegen, um der einzig wahren Meisterin zu dienen.

Der Liebe.

Keine Reue

Was geschehen ist, ist geschehen. Er hat mich verletzt, also habe ich dich verletzt, was wiederum mich verletzt. Zyklen.

Ich habe diese Worte gesagt. Ich habe diese Dinge getan. Das war ich. Das ist die Wahrheit. Manchmal wünschte ich, ich könnte alles zurücknehmen, aber so funktioniert es nicht. Realität.

Die Drogen, der Alkohol, die grausamen Worte, das egoistische Verhalten und die falschen Entscheidungen. Das war ich. Alles ich. Trauma.

Der Widerstand und das Leiden, die Schuld und die Scham, das Aufgeben und die Trauer. Das Fallen und Kriechen. Portale.

Die dunklen, dunklen Nächte, mein blutendes Herz, meine müden Knochen, die uralten Schmerzensschreie und der flüchtige Lichtblick, der auf die Nacht folgt. Heilung.

Eine Hand zum Halten, unerwartetes Lachen, Zärtlichkeit, Freude, freundliche Worte und warme Herzen. Der Segen der Liebe.

Rückhaltloses Mitgefühl, tief empfundene Dankbarkeit, Vergebung, Demut. Hoffnung.
Sonnenaufgang. Klopfendes Herz. Weite des Himmels. Ein Gebet. Das Erwachen zu dieser neuen Morgendämmerung. Gnade.

Neuanfänge …

Ein Wort an die Kämpferinnen

Manchmal ist es zu viel für eine allein. Es ist einfach eine zu schwere Last.

Vor allem, wenn dein Herz gebrochen ist.

Es ist in Ordnung, jemanden zu bitten, deine Hand zu halten … solange du die andere hältst.

Die Rückkehr zur Ganzheit

Einen Großteil meines Lebens habe ich jene Anteile von mir abgelehnt, die ich als unzureichend empfand. Die Version, die nicht gut genug war, die dumme, die schlechte, die nicht liebenswerte Donna. Lauter Anteile von mir, die in meiner Kindheit entstanden sind, durch die Erfahrungen, die ich beim Aufwachsen in meiner Familie, in der Schule und in meinem Umfeld gemacht habe.

Es war, als wären Teile von mir im Alter von vier Jahren eingefroren, als ich zum ersten Mal erkannte, dass es nicht ausreichte, einfach nur ich zu sein. Mit sechs Jahren dann führte meine Hautfarbe dazu, dass ich von meinem Umfeld abgelehnt wurde. Mit neun Jahren geschah es wieder, als ich Probleme in Mathe hatte. Die dumme Donna wurde geboren, als die unschuldige Donna starb. So ging es immer weiter.

Diese »emotionalen Waisenkinder«, die von anderen verstoßen und verurteilt wurden, wurden auch von mir verstoßen und verurteilt. Ich schickte sie weg. Verbannte sie in die kalte, dunkle Nacht. Ihr seid NICHT ich!

Aber natürlich waren (und sind) sie alle Teil meiner Geschichte. Sie waren Teil dessen, was ich war, und sie waren sogar ein wesentlicher Teil meiner Entwicklung. Lange Zeit war ich blind dafür. Ich war zu sehr damit beschäftigt, eine

Kriegerin zu sein und mich als Person neu zu erfinden. Eine starke Person mit einer Rüstung, gepolt auf Verteidigung und Kampf. (Es war im Grunde sehr einsam und anstrengend, aber psst, sagt es nicht weiter!)

In der Zwischenzeit warteten die kleine Waisenanteile von mir geduldig. Frierend, hungrig, einsam und traurig warteten sie verzweifelt darauf, wieder hereingebeten zu werden. Es dauerte lange, bis ich begriff, dass sie es waren, auf die ich mein Leben lang gewartet hatte. Aber schließlich fiel der Groschen, ich öffnete die Tür zu meinem Herzen, und die ganzen Mini-Donnas kletterten wieder hinein. Und in diesem Moment der glückseligen Akzeptanz und Integration all dessen, was ich bin, erlebte ich wahre Ganzheit.

Positive Verankerung

Eine einfache Möglichkeit, seine Verhaltensänderungen im Auge zu behalten, ist die positive Verankerung. Das bedeutet, dass man sich jedes Mal, wenn man sich auf eine neue, positive Art und Weise verhält, darauf konzentriert, diese Veränderung zu »verankern«, sodass es wahrscheinlicher wird, dass man sie wiederholt, anstatt in alte, negative Gewohnheiten zurückzufallen.

Ein Tipp von mir: Besorge dir ein neues Tagebuch und notiere dir am Ende eines jeden Tages ein paar Minuten lang, wie du kleine (oder große) Herausforderungen gemeistert und wie du dich davor und danach gefühlt hast. Schließe die Augen und schwelge in jedem dieser Momente, um sie als Körpererinnerung erneut hervorzurufen. Achte auf alle körperlichen Empfindungen und Gefühle, die in dir aufsteigen, wenn du dich an das Erreichte erinnerst. Mach das bei jedem Ereignis, egal wie klein es dir erscheint, und verfestige damit dein Verhalten.

Etwa den Moment, als du dich getraut hast, offen deine Meinung zu sagen, obwohl deine Stimme zitterte. Oder als du bemerkt hast, wie du in die Defensive gegangen bist und dich stattdessen entschlossen hast, die zugrunde liegende Angst zuzulassen. Oder als du es gewagt hast, entschieden »Nein« zu sagen und damit die Rolle des »netten Mädchens« durchbrochen und stattdessen deine eigenen Grenzen verteidigt hast.

Halte alle Details dieser neuen Verhaltensweisen fest, die sich wahrhaftiger, verletzlicher, mutiger und echter anfühlen als die alten. Mehr nach dir selbst. Notiere dir das Datum und beschreibe sie genau, einschließlich der körperlichen Empfindungen und der damit verbundenen Emotionen. Auf diese Weise entsteht ein Büchlein der Meilensteine, an denen du dich entlanghangeln kannst, um letztendlich ein mutigeres, authentischeres und ganzheitliches Leben zu führen.

Jedes Mal, wenn du dich auf eine neue Art und Weise verhältst, die mehr mit dem übereinstimmt, wie du wirklich bist und im Leben sein möchtest, halte inne, nimm die Veränderung wahr und mach sie dir zu eigen. Denn schon bald werden sich all diese scheinbar kleinen Momente eines mutigen Lebens (die du vorher vielleicht übersehen hast) zu dem GROSSEN Leben entwickeln, das du wirklich verdient hast.

Depression – eine andere Perspektive

Eine Depression gleicht einer Geburt. Sie hat mit Alchemie zu tun und kann das Tor zu deinem neuen Leben aufstoßen. Aber zuerst muss dein altes Leben sterben, und mit ihm die Lügen, die dir erzählt und verkauft wurden. Das ist eine schmerzhafte, beängstigende und dennoch notwendige Veränderung.

Die Depression ähnelt auch einem Vampir: Sie versteckt sich vor dem Licht und saugt das Leben aus dir heraus. Sie will nur schwarz tragen. Öffne also regelmäßig deine Vorhänge und Fenster, und wenn du hinaus ins Licht gehst, trage roten Lippenstift und silberne Stiefel.

Depressionen lasten schwer auf dir und versuchen, dich am Bewegen zu hindern. Aber jede werdende Mutter weiß, dass sie sich körperlich bewegen muss, um neues Leben auf die Welt zu bringen. Also laufe, tanze, dehne dich, atme und schüttle deinen bleiernen Körper, bis er wieder lebendig wird. Tanze, bis du schwitzt und brüllst und dir die Tränen über dein erwachendes Gesicht laufen. Lass dich von der Musik mitreißen.

Kreativität ist das beste Antidepressivum, das ich kenne. Schreibe, singe, forme, male und zeichne deinen Schmerz. Lass ihn aus dir herausbluten. Erschaffe etwas Schönes und Wertvolles, das dich daran erinnert, dass du lebst.

Erlaube der Depression, mit dir zu machen, was sie will. Ja, du brauchst eine Pause von ihr. Ja, du brauchst etwas Erleichterung. Aber wehre dich nicht gegen Big Mama D. Sie kriegt dich sowieso. Vertraue ihr wie einer Doula bei der Geburt. Sie kennt sich aus.

Drücke alle deine Gefühle aus. Vor allem deine Wut. In einer sicheren Atmosphäre. Mit der Zeit wird sich die Wut in Leidenschaft verwandeln, du wirst sehen.

Geh raus in die Natur. Jeden Tag. Sieh dir die Bäume an, die gefallenen Blätter, das nasse Gras; lausche dem Meer (es weiß alle Antworten, die du brauchst); spüre den Wind in deinem Haar und den Regen auf deinem Gesicht. Spüre die Erde unter deinen Füßen. Leg dich hin, wenn du kannst. Schau, bis dir die Augen aufgehen. Verbinde dich so lange mit der Erde, bis du etwas tief in dir spürst. Sie ist die Mutter, die du immer gebraucht hast, und sie wird dich mit Liebe zurück ins Leben holen, wenn du sie lässt.

Kuschele mit einem Hund, einer Freundin oder einem Baum. Suche dir Hilfe. Niemand sollte alleine gebären. Sag die Wahrheit und fang dann an, sie zu leben. Und zum Schluss will ich dir noch etwas verraten … es wird ein Mädchen! Herzlichen Glückwunsch!

Bewertungs-Detox

Sich klarzumachen, in welchem Maße wir uns und/oder andere bewerten, kann ein echter Weckruf sein, besonders für uns Frauen mit unserer ausgeprägten Misogynie. Wir sind nämlich geradezu wild darauf, uns selbst und unsere Schwestern negativ zu beurteilen. Wir ziehen andere Frauen herunter, anstatt sie zu ermutigen, egal ob es um ihre Art sich zu kleiden, ihre Figur, ihre Aussagen oder ihre Handlungen geht. Alles wird einer kritischen Prüfung unterzogen. Unsere Aufgabe besteht darin, uns der vergifteten Pfeile zu entledigen, die das Patriarchat in uns hineingeschossen hat und diese heimtückischen Plagegeister einen nach dem anderen herauszuziehen und zu zerbrechen.

Denn wo Kritik ist, ist kein Platz für Liebe. Jedes Mal, wenn wir andere entwerten, schlägt ein Fenster in unserem Herzen zu. Ich schwöre, dass ich manchmal geradezu spüren kann, wie mein Herz schrumpft, wenn ich etwas Unfreundliches denke oder sage. Ich weiß genau, dass es weh tut. Und nicht nur mir. All diese unfreundlichen, harschen Gedanken und Worte unserer kollektiven Urteile verdichten sich zu einem dicken Smog, der schwer in der Luft liegt und uns allen die wärmenden Sonnenstrahlen raubt.

Angenommen, die Freude und der Frieden, die wir alle suchen, würde aus einem Leben ohne (Selbst-)Kritik bestehen? Ein Leben voller Verständnis und Mitgefühl, Miteinander und Inklusion, Freundlichkeit und Dankbarkeit. Kann es wirklich so einfach sein?

Vielleicht …

Vielleicht probierst du es heute einfach mal aus. Nimm wahr, wie oft du dich und andere kritisierst, und dann hör damit auf und tu das Gegenteil. Denke oder sage stattdessen etwas Freundliches. Spüre nach, wie sich das anfühlt. In deinem Herzen wird sich ein Fenster öffnen. Denn wenn die Kritik geht, kommt die Freude.

Das weiß ich genau.

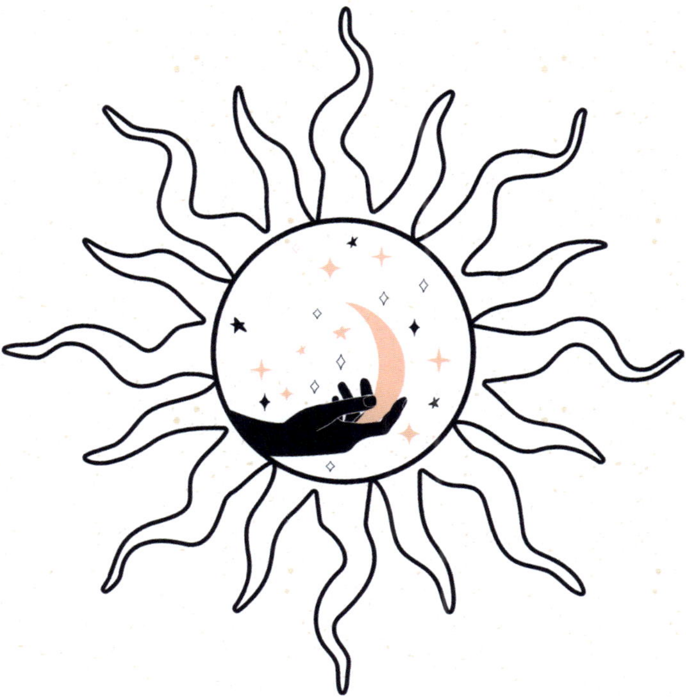

Depression – eine andere Perspektive

Deine Seele hält dir Riechsalz unter die Nase.

Persönliche Grenzen

Formulierungen, die Grenzen ziehen:

- Nein, danke.
- Ich bin damit nicht einverstanden.
- Ich möchte das nicht.
- Wenn du die Stimme gegen mich erhebst, höre ich nicht mehr zu.
- Ich bin noch nicht fertig; lass mich ausreden.
- Ich habe kein gutes Gefühl dabei.
- Bitte sprich nicht über meinen Kopf hinweg.
- Wenn du dich weiterhin so verhältst, gehe ich.
- Sprich nicht so mit mir.
- Ich bin nicht bereit, mit dir darüber zu reden.
- Mein Aussehen geht dich nichts an.
- Ich brauche etwas Zeit für mich.
- Ich weiß nicht, was ich auf diese Frage antworten soll.
- Bitte behalte deine negative Einstellung für dich.
- Ich werde über das, was du gesagt hast, nachdenken und wieder auf dich zukommen.
- Bitte tritt zurück und lass mir etwas Freiraum.
- Ich habe nein gesagt.

Nö

Wundere dich nicht, dass du Kritik und Schuldzuweisungen erntest, wenn du deine Grenzen denjenigen gegenüber ziehst, die keine respektieren.

Sorry, not sorry

Ich bin eine selbstbewusste Frau, die die Einhaltung ihrer Grenzen einfordert, und trotzdem entschuldige ich mich an einem durchschnittlichen Tag ungefähr fünfmal häufiger als nötig und viermal öfter, als ich wirklich meine.

Das Bedürfnis, sich für alles und jedes zu entschuldigen, ist in uns Frauen tief verwurzelt, fast so, als würden wir uns für unsere Existenz entschuldigen. Wenn man uns anrempelt, entschuldigen wir uns, wenn man uns ins Wort fällt ebenso: »Tut mir leid, dass ich nicht auf den Punkt komme.« Wenn wir uns entscheiden, Nein zu sagen, entschuldigen wir uns oft, bevor und nachdem wir es gewagt haben, eine solch radikale Meinung zu vertreten.

Unsere negative Konditionierung ist stark, ebenso wie unsere internalisierte Misogynie. Manche Frauen bewegen sich wie eine wandelnde Entschuldigung, andere versuchen, sich unsichtbar zu machen: »Tut mir leid, dass ich hier bin und so viel Platz einnehme.«

Scheiß auf die Entschuldigungen! sage ich. Aufrichtige Entschuldigungen – okay, sinnlose, selbstverleugnende Entschuldigungen – Schluss damit! Lasst es uns wagen, diese Ketten der Dysfunktion zu durchbrechen und uns dadurch alle zu befreien!

Not sorry, not sorry.

Den Unterschied erkennen

Wenn ich deine Bitte ablehne und du daraufhin verärgert und sauer reagierst, war es keine Bitte, sondern eine Forderung.

3
Hoffnung

Der Mantel der Einsamkeit

Manchmal fühle ich mich einsam, besonders inmitten einer Menschenmenge – was für mich übrigens drei Personen oder mehr bedeutet. Einschließlich mir.

Es kommt natürlich auf die Art der Menge an. Aber selbst in der Gesellschaft von Personen, die ich liebe und schätze, fühle ich mich manchmal einsam, wie gefangen in meinem Körper. Als könnte ich sie nicht erreichen und sie mich auch nicht.

Besonders einsam fühle ich mich, wenn Smalltalk und höfliche Konversation gefragt sind. Diese Art der Kommunikation ist für mich wie eine Sprache, die ich nicht beherrsche, also murmle ich irgendetwas und hoffe das Beste. »Ja, wie schön, dass es sich ein wenig abgekühlt hat …«

Auch die modernen Kommunikationsmittel machen mich einsam. Als würden mich Displays und Bildschirme verbergen und zugleich den Blicken preisgeben. Wisst ihr, was ich meine? Ich denke schon.

Menschlich.

Lieber suche ich eine andere Art der Gesellschaft und gehe in den Wald in meiner Nähe. Während ich in meinem schweren Mantel der Einsamkeit umherspaziere, spüre ich, wie die Bäume ihn mir langsam abstreifen. Ich stelle mir manchmal vor, wie mir ihre Äste und Blätter, Armen und Händen gleich, dieses belastende Kleidungsstück von den Schultern nehmen und mich die Bäume meiner Sippe willkommen heißen.

Je länger ich zwischen ihnen umhergehe, desto weniger allein fühle ich mich.

Verbunden.

Ein besonders schöner Tag erwartet mich, wenn ich ans Meer fahre und spüre, wie es mich reinigt, sobald ich hineingehe. Das Meer beseitigt die letzte Illusion der Trennung, und wenn ich mich auf dem Rücken treiben lasse, fühle ich, wie es mich trägt, hält und liebt. Ich denke daran, dass es ich IST und ich es bin, und dann gehe ich noch tiefer und erinnere mich, dass es kein ICH oder MICH, ja, nicht einmal ein WIR gibt, sondern nur das Einssein.

Und ich lächle unter Tränen über die Schönheit von all dem. Schließlich bin ich nicht mehr allein.

Depression – eine andere Perspektive

Manchmal ist eine Depression eine eingefrorene Transformation, die allmählich auftaut.

Löcher stopfen

Als ich endlich den Mut fand, nicht länger wegzulaufen und die Löcher in mir mit meinen unvergossenen Tränen und meinem Selbstmitgefühl zu füllen anstatt mit Männern, Drogen und verinnerlichter Frauenfeindlichkeit, schlossen diese Löcher sich.

Erinnerung

Eine Person, die deiner Meinung nach voller Weisheit, Liebe und Freude steckt, reflektiert im Grunde dich selbst – es ist dein Spiegelbild. Es ist nicht so, dass diese Person Zugang zu etwas hat, was dir verwehrt bleibt. Sie ist nicht weiser, liebevoller oder heiterer als du – jenseits deiner Wunden und Erfahrungen. Du hast die gleiche Fähigkeit, so zu leben wie sie; nur ist ihr etwas bewusst, das du (vorübergehend) vergessen hast.

Schwimmen lernen

Zu der Zeit, als ich noch an viel emotionalem Leid festhielt, war es, als hätte ich ein riesiges Loch in mir. Und der Teufel sprang hinein und befahl mir, noch tiefer zu graben!

Und ich tat es.

Jede destruktive, selbstverletzende Entscheidung machte das Loch in mir größer, breiter und tiefer, bis es zu einem riesigen Graben wurde. Treu und ergeben grub ich und grub und grub, und es regnete und regnete.

Bis mir eines Tages der Spaten aus der Hand fiel und ich erschöpft und besiegt aufgab. Ich spürte, wie ich langsam ertrank und tiefer und immer tiefer in meinem Wassergraben in lautlose Abgründe hinuntersank, bis ich am Boden ankam.

Und dort unten hörte ich eine leise Stimme ganz deutlich meinen Namen flüstern.

»Donna«, sagte sie. »Schwimm!«

Und das tat ich.

Ängste – eine andere Perspektive

Manchmal ist Angst nichts anderes als dein Mut, der versucht, den Ausgang in dir zu finden.

Alchemie

Einige Hinweise darauf, dass alles so läuft, wie es laufen sollte:

- Mehrere herausfordernde Lebensereignisse passieren gleichzeitig – eine Beziehung zerbricht, ein Hund stirbt, du verlierst deine Arbeit. Meist treten drei Ereignisse zugleich auf.
- Du wirst deiner eigenen Dramen und Geschichten allmählich überdrüssig. Du lachst sogar über sie. Du nimmst dich selbst nicht mehr so ernst.
- Du fragst dich, was das alles eigentlich soll und welchen Sinn dein Leben hat.
- Es interessiert dich immer weniger, was andere denken.
- Die Seelentröster, die dich früher betäubt haben, funktionieren nicht mehr richtig. Essen, Alkohol, Kiffen, Zeit im Internet, egal was. Das genügt dir einfach nicht mehr.
- Du fällst oder fliegst – die Treppe hinunter, auf der Straße, in deinen Träumen, in der Liebe, vom Sofa. Fallen/Fliegen wird zu einem Thema.
- Du bist emotional instabil, leidest zunehmend unter Ängsten und Befürchtungen. Du weinst viel, spontan und scheinbar grundlos.
- Unterdrückte Aggressionen brechen sich Bahn. Manches, was dich früher nicht gestört hat, regt dich jetzt auf.

- Du spürst den starken Drang, mit tiefsinnigeren und weiseren Menschen zusammen zu sein. Oberflächliche Menschen müssen gehen. Du kappst überholte Beziehungen, einschließlich der einstigen negativen Beziehung zu dir selbst.
- Du verspürst den Wunsch, anderen zu helfen, nicht, um dich selbst zu erhöhen, sondern einfach nur so. Du wirst freundlicher, sanfter und zärtlicher.
- Du brauchst mehr Zeit für dich. Du fühlst dich isoliert und zugleich anderen nahe.
- Du fängst an, draußen in der Natur alles Mögliche zu sammeln: Blätter, Kastanien, Kieselsteine, Muscheln. Die Elster in dir erwacht.

Öffne dich

Manchmal ist Angst
einfach die Wahrheit,
der die Stimme fehlt.

Ahnungslos

Jede Person, die nach tieferer Wahrheit sucht, kommt an einen Punkt in ihrem Leben, an dem sie glaubt, sie habe keine Ahnung von sich und dem Leben im Allgemeinen. Sie schaut in den Spiegel und weiß nicht, wer sie da anstarrt. »Wer zum Kuckuck bin ich?«, fragt sie sich. »Welchen Sinn hat mein Leben? Und wie finde ich einen Sinn?«

Keinen Schimmer.

»Warum fühle ich mich immer noch so? Wird diese Traurigkeit jemals aufhören? Und wie finde ich heraus aus diesem Labyrinth?«

Keinen Schimmer.

»Was soll ich mit meinem Leben anfangen?«
»Was soll ich als Nächstes tun?«
»Gibt es überhaupt einen tieferen Sinn?«
»Was zum Teufel geht in dieser Welt vor?«

… wie ein Fähnchen im Wind …

Diese Phase des Nichtwissens ist ein schmerzhafter, aber notwendiger Teil der seelischen Entwicklung. Es ist wichtig, dass wir keine Ahnung mehr haben, wer wir sind und was zum Teufel los ist. Wir müssen uns nur einer Sache sicher sein, nämlich wie wenig wir überhaupt wissen.

Das Ego wird sich natürlich zur Wehr setzen, mit erhobenen Fäusten, und es wird weiterhin versuchen, Kontrolle auszuüben, um irgendeinen Sinn in dem Ganzen zu finden (viel Spaß!), die Entwicklungen zu lenken und den Prozess auf die eine oder andere Weise zu beschleunigen. (Viel Glück!)

Bis wir, die Verwirrten, schließlich zur Vernunft kommen, die Fäuste senken, die Boxhandschuhe ausziehen und uns damit abfinden, dass wir keine Ahnung haben, was vor sich geht. Zunächst gestehen wir es uns im Stillen ein, dann sprechen wir es auch aus: »Ich habe nicht die geringste Ahnung davon, wer ich bin, was ich tue oder wohin ich gehe.«

Und dann, einfach so, wie von Zauberhand, öffnet sich leise eine Tür …

Eine bittere Pille

Angenommen, manche Formen von Depression wären gar keine Krankheit, sondern die Medizin, die wir tatsächlich brauchen? Eine übelschmeckende Kur, die uns das Universum verschreibt und die uns zwingt, lange genug innezuhalten, um zu trauern, zu gesunden, uns weiterzuentwickeln, unter die Oberfläche zu gehen und zu erwachen?

Angenommen, die Liebe wäre das einzige Heilmittel?

Stell dir das mal vor.

Depression – eine andere Perspektive

Deine Seele gibt dir den Kuss des Lebens.

Frühjahrsputz

Du kannst nichts Neues erreichen, ohne das Alte aufzugeben, ganz egal, ob es sich um überholte Verhaltensweisen, Beziehungen, eingeimpfte negative Glaubenssätze, alte Ängste oder dich selbst sabotierende Entscheidungen handelt.

Es ist ein universelles Gesetz, dass wir etwas Altes ablegen müssen, um Platz für etwas Neues zu schaffen. Wen oder was bist du also bereit loszulassen, um deine Träume zu verwirklichen?

Schau genau hin

Du wartest auf ein Wunder –
dabei bist DU das Wunder. Alles andere
ist nur eine Lüge, die dir verkauft wurde.
Und die Welt braucht mehr Wunder.

Jahreszeiten

Irgendwann stolpern wir alle durch eine dunkle und kalte Jahreszeit in unserem Leben. Oft versuchen wir, uns dagegen zu wehren, und werden dennoch zappelnd und schreiend in die Tiefen einer Winterphase hineingezogen. Es scheint, als hätten wir vergessen, der Dunkelheit zu vertrauen und an die Weisheit der Jahreszeiten zu glauben.

Manche von uns versuchen sogar, die kalten und bitteren Winde, die durch unser Leben pfeifen, oder die schweren, dunklen Wolken, die über unseren Köpfen hängen, zu verdrängen und einfach weiterzumachen. Das ist so ähnlich, als würden wir in einem Schneesturm weiterhin unsere Flip-Flops und unser Sommerkleid tragen. Sinnlos und scheißkalt!

Denn was wir in diesen eisigen Winterphasen des Lebens wirklich brauchen, ist Wärme. Ein warmes Herz, warme Worte, warme Tränen, warmherzige Freunde, warme Umarmungen, eine mitfühlende Therapeutin, ein gemütliches Zuhause und ein warmes Bett. Eine warme Hand zum Festhalten. Das sind die besten Hilfsmittel, um uns zu unterstützen, wenn wir in den kalten, rauen Jahreszeiten unseres Lebens tief in unserem Inneren eine schmerzhafte Entwicklung durchmachen.

Es ist unsere Aufgabe, den Mut aufzubringen, sich dem dunklen Winter zuzuwenden, sich ihm hinzugeben und ihn nach seiner Botschaft zu fragen. »Was ist es, das du mich lehren willst?« Anschließend hör auf, (in deinen Flip-Flops) herumzurennen und halte lange genug inne, um zu vernehmen, wie die Dunkelheit ihre Antwort flüstert.

Wenn man sich im Umbruch befindet, wird es immer auch Zeiten in der Dunkelheit geben, damit musst du rechnen. Jahreszeiten. Das ist der Deal, den wir mit dem Universum eingehen, wenn wir beginnen, aus unserem ruhelosen Schlummer zu erwachen.

Und dann, eines ganz gewöhnlichen (und doch besonderen) Tages, wenn der dunkle Winter seine heilige Mission in uns erfüllt hat, wird er still und leise gehen. Sprich bescheiden deinen Dank aus, und dann geh mit vollem Herzen und offenen Augen hinaus in die Natur. Blicke zu Boden, und du wirst dort eine frische, kostbare Knospe entdecken, die durch den frostigen Boden lugt. Schau nach oben, und du wirst einen kleinen, aber strahlenden Lichtschimmer sehen, der zwischen den dunklen Wolken hindurchblitzt.

Der Frühling ist nicht mehr weit.

Geh ihm entgegen …

Mutig leben

Nur weil jemand in bestimmten Bereichen des Lebens gut ist, heißt das nicht, dass er sich darin leichttut. Ich kenne viele introvertierte und sensible Menschen, die in eher extrovertierten Bereichen arbeiten, sich als Aktivisten betätigen, öffentliche Reden halten, im Fernsehen moderieren oder Gruppen leiten. Obwohl sie von Natur aus ein Bedürfnis nach Privatsphäre, Einsamkeit und Eins-zu-Eins-Kontakten besitzen, müssen sie von Berufs wegen mit vielen Menschen kommunizieren und in Kontakt treten. Dabei stehen sie jedes Mal vor innerlichen Herausforderungen, wenn sie ihre Höhle verlassen und hinaus ins helle Licht und den Lärm dieser extrovertierten Welt treten müssen.

So ein Leben erfordert Mut.

Mir geht es ebenso. Ich arbeite seit über dreißig Jahren mit Menschen und leite Gruppen, und ich bin ziemlich gut darin. Aber das heißt nicht, dass es mir leichtfällt. Ich werde immer noch jedes Mal nervös, wenn ich eine Zoom-Gruppensitzung durchführe, einen Workshop leite oder zum ersten Mal auf einer Veranstaltung spreche. Ich brauche immer noch eine lange Erholungszeit in meiner Höhle, nachdem ich mich unter Menschen begeben habe. Der Umgang mit großen Gruppen zehrt an meiner Energie, obwohl ich die Menschen von ganzem Herzen LIEBE. Ich habe auf die harte Tour gelernt, dass ich mir danach genügend Zeit nehmen muss, um mich auszuruhen und neue Energie zu tanken. Ich lasse ihre Geschichten und ihren Schmerz bewusst aus meinem Körper und vor allem aus meinem Herzen fließen; es ist nicht meine Aufgabe, diese Last zu tragen.

Mit der Zeit habe ich ebenfalls gelernt, meine Sensibilität als etwas Positives zu betrachten. Ich sage oft, dass Aufregung und Nervosität wie Zwillinge sind. Die Nervosität erinnert mich daran, dass ich lebendig bin. Sie zeigt mir, dass mir die Menschen und das, was ich tue, auch nach all den Jahren noch wichtig sind. Dabei ist ein Teil von mir bis heute ein schüchternes, sensibles und unschuldiges fünfjähriges Mädchen, das hinter Mamas Rock hervorlugt und gemocht werden und dazugehören will. Und das ist nichts Geringeres als ein absolutes Wunder.

Vielleicht

Vielleicht ist Glück einfach ein Leben
ohne (Selbst-)Kritik …

Sowohl/als auch

Wenn dein Herz bricht, öffnet es sich zugleich. Das ist eine schmerzhafte und doch erfreuliche Tatsache.

Die Sorgen und Nöte des Alltags lassen uns verständlicherweise oftmals vergessen, dass auch Leichtigkeit und Schönheit existieren. Es ist kein Entweder-oder, sondern ein Sowohl-als-auch. Sich dies bewusst zu machen, kann eine große Hilfe sein.

Eine Beziehung zerbricht, wir erkranken schwerwiegend, oder die Liebe unseres Lebens stirbt, und unser Herz zerspringt in eine Million kleiner Stücke …

… Und doch siehst du dort unten, zwischen den Scherben, eine winzige lila Blume, die durch den Beton wächst. Sie winkt dir zu wie eine alte Freundin. Zäh und zart. Genau wie du.

Sowohl/als auch.

Nach einer gewissen Zeit der Trauer wird sich das Leben irgendwann wieder wie Sommer anfühlen. Herrlich!

Und dann …

… kommt der nächste Schicksalsschlag und zwingt dich in die Knie. Wieder liegst du am Boden.

Doch selbst mit dem Gesicht im Dreck wirst du bemerken, wie die Sonne deinen Rücken wärmt, und du wirst die zärtliche Berührung einer Engelshand spüren, die dir hilft, wieder aufzustehen.

Sowohl/als auch.

Sich dies bewusst zu machen, kann jeden Herzschmerz lindern und wir lernen, dass uns selbst in unseren dunkelsten Stunden die Liebe nie verlässt. Gerade dann steht sie uns zur Seite und lässt uns diese wunderbare Tatsache erkennen.

Und während du wieder auf die Beine kommst, hörst du einen Eiswagen um die Ecke kommen. Er erinnert dich daran, dass immer noch Sommer ist und du immer noch Eis essen kannst.

Also erhebe dein müdes Haupt und trage dein gebrochenes, offenes Herz sanft diesem wunderschönen Klang des Sommers entgegen.

Sowohl/als auch.

Ein ungebetener Gast

Der Schmerz ist der beste spirituelle Lehrer, den ich kenne. Er lehrt uns, was es heißt, wahrhaft zu leben und zu lieben. Er macht uns zarter, verletzlicher, weiser, offener und demütiger. Wenn wir es zulassen.

Der Schmerz kommt stets wie ein ungebetener Gast, der spät in der Nacht an die Tür klopft und verlangt, dass du ihn einlässt. Er weckt dich aus deinem gemütlichen Schlummer. Er stürmt herein und fordert dich unsanft auf, sein Gepäck auszuräumen.

Du kannst versuchen, ihn zu ignorieren, aber in diesem Fall bleibt der Schmerz nur umso länger. Also wuchtest du widerwillig seinen schweren Koffer hoch und fängst an, ihn auszupacken. Im Gepäck des Schmerzes befindet sich dein ganzer Kummer, versteckt zwischen den Weinflaschen, dem Terminkalender, den Keksen und dem Handy.

Wenn du tief in diese Mary-Poppins-Tasche des Schmerzes hineingreifst, findest du dich im Alter von zehn Jahren wieder, als dein Vater dich verließ. Wenn du noch tiefer wühlst, siehst du dich als Siebenjährige allein auf dem Spielplatz stehen und weinen, weil du gehänselt wurdest. Und was versteckt sich da hinter dem Löffel Zucker? Ach ja, das ist dein 35-jähriges Selbst, dessen Ehe in die Brüche ging.

Und während du weiter im Gepäck des Schmerzes herumwühlst, entdeckst du Gefühle, die du lange verdrängt hast und die mit den gebrochenen Teilen deines Herzens zu tun haben, etwa Wut und Angst, Hoffnungslosigkeit und Verzweiflung. Du schaust in die leere Weinflasche, verzweifelt auf der Suche nach Erleichterung, und entdeckst nur noch Tränen am Boden. Also lässt du stattdessen den Schmerz sprechen, schreist und brüllst, schüttelst und tanzt ihn aus dir heraus. Und zu deiner größten Überraschung fängst du an, die Tränen der Lebenden zu weinen.

So geht es immer weiter, und gerade als du glaubst, der Schmerz würde niemals verschwinden, steht er auf, lächelt dich an und macht sich langsam auf den Weg zur Tür. So verdammt anmutig. Endlich ist er bereit zu gehen und drückt dir auf dem Weg ein Geschenk in die Hand. Du schaust hinunter und bemerkst, dass es eine Kackwurst als Schleife hat und kannst dir ein Lächeln nicht verkneifen. Du öffnest vorsichtig das Abschiedsgeschenk des Schmerzes und findest eine leere Schachtel vor. Auf dem Boden eingraviert steht:

HOFFNUNG.

Du legst dieses hart erkämpfte Geschenk vorsichtig in dein Herz und öffnest dann die Vorhänge, um das Licht hereinzulassen. Du nimmst eine Dusche, um Körper und Seele zu reinigen. Und während das herrlich kühle Wasser auf deine müde Haut prasselt, sprichst du ein Gebet tiefer Dankbarkeit und fängst an zu kichern …

4 Beziehungen

Ein Freundschaftsgelübde

Ich habe vor Kurzem eine neue Freundin gewonnen und deshalb meine »Freundschaftsgelübde« aktualisiert. Ich habe sie niedergeschrieben, weil ich in der Vergangenheit andere mit meinen widersprüchlichen Botschaften verletzt habe. Als introvertierte Person brauche ich sowohl engen Kontakt als auch Freiraum, Intimität und Privatsphäre. Deshalb habe ich irgendwann begonnen, meine Freundschaftsgrenzen gleich von Anfang an zu klären, wenn ich jemanden neu kennenlerne. Das hört sich vielleicht sehr abstrakt an, vor allem für diejenigen, die keine Grenzen kennen, aber ich möchte einfach niemanden verletzen und bin zu alt, um noch ja zu sagen, ohne es zu meinen.

- Emotionale Ehrlichkeit – Ich gelobe, ehrlich meine Gefühle auszudrücken und es offen zu sagen, wenn ich getriggert werde. Ich werde mich bemühen, bei Meinungsverschiedenheiten einfühlsam und überlegt anstatt impulsiv zu reagieren. Ich begrüße sie, anstatt vor ihnen wegzulaufen, denn ich weiß, dass sie die Beziehung nur vertiefen.
- Akzeptanz – Ich verpflichte mich, dich so zu akzeptieren, wie du bist, und bitte dich im Gegenzug um dasselbe. Ich werde mein Licht und meinen Schatten mit dir teilen. Manchmal bedeutet das, dass hässlicher Scheiß zum Vorschein kommt. Ich erwarte nicht, dass du das gut findest, aber ich bitte dich, es zu akzeptieren. Ich werde das Gleiche für dich tun.
- Unterschiede – Wir sind zwei verschiedene Menschen,

und das finde ich gut. Ich bin neugierig auf deine Entscheidungen und begrüße unsere Unterschiede. (Einschließlich der Wahl des Kaffees.)

- Verbundenheit – Ich verpflichte mich, in unsere Beziehung zu investieren. Ich erwarte nicht, dass du ständig erreichbar bist oder meine Nachrichten innerhalb einer »angemessenen« Zeitspanne beantwortest. Als introvertierter Mensch ist weniger mehr für mich. Ich muss dich nicht oft sehen, aber du wirst immer bei mir sein.
- Bedürfnisse – Ich schwöre, dass ich keine unrealistischen Erwartungen an dich habe. Du bist nicht mein Elternteil, also erwarte ich auch nicht, dass du mich bemutterst! Wenn ich etwas brauche, werde ich dich fragen und deine Antwort akzeptieren, egal, ob du Ja oder Nein sagst.
- Wahrheit – Ich werde mich bemühen, dir immer die Wahrheit zu sagen. Manchmal erzähle ich vielleicht eine kleine Lüge, wenn ich mich verletzlich fühle. Wenn ich meine Sinne wieder beisammen habe, werde ich dir mitteilen, warum ich in diesem Moment das Bedürfnis hatte, unehrlich zu sein.
- Entschuldigungen – Ich werde mich entschuldigen, wenn ich einen Fehler gemacht habe und die Verantwortung für taktloses Verhalten oder ungeschickte Worte übernehmen. (Sicherlich trete ich ab und zu ins Fettnäpfchen.)
- Lachen – Ich werde mit dir und über dich lachen. Bitte erweise mir die Ehre, das Gleiche zu tun! Mein Humor ist manchmal schwarz, aber immer gutmütig. Deiner muss es nicht sein. Hauptsache, du meinst es scherzhaft. Wenn du es nicht scherzhaft meinst, lache ich auch nicht.

Beziehungen

Knapp zehn Jahre lang habe ich hauptsächlich mit Paaren gearbeitet, und hier sind ein paar Erkenntnisse, die ich auf diesem Weg gesammelt habe und die manchmal zutreffen, manchmal aber auch nicht:

- Gegensätze ziehen sich zwar an, aber sie nerven auch irgendwann.
- Du kannst niemanden zwingen, dich zu lieben.
- Abgesehen von Eltern und Kindern sind (Ex-)Partner*innen die größten spirituellen Lehrer*innen, denen du je begegnen wirst.
- Bindung und Liebe sind zwei sehr unterschiedliche Dinge.
- Wenn die Beziehung deiner Eltern dysfunktional war, wirst du lernen müssen, wie man eine gesunde Beziehung aufbaut.
- Verletzte Menschen verletzen Menschen.
- Wenn du Liebe geben, aber nicht empfangen kannst, kennst du keine wahre Intimität.
- Liebe ist kein Tauschhandel.
- Wahre Liebe endet nicht, nur weil die Beziehung endet.
- Bedürftigkeit und Bindung sind nicht dasselbe.
- Es ist nicht möglich, eine gesunde Beziehung mit einem Partner zu führen, der sich auf emotionaler Ebene wie ein Kind verhält. Das führt lediglich dazu, dass man ihn am Ende bemuttert.
- Liebessucht ist wie eine harte Droge.

- Manche verbringen ihre gesamte Beziehung damit, ihre Eltern auf ihre Partnerin oder ihren Partner zu projizieren, sodass sie die Person dahinter gar nicht richtig wahrnehmen.
- Romantische Liebe ist eine Phase. Genieße sie, kultiviere sie sogar, aber sie ist nicht dazu bestimmt, dauerhaft zu halten. Das gibt es nur im Märchen.
- Wir fühlen uns oft zu Partnern hingezogen, die uns an unsere Eltern erinnern (und manchmal sogar so aussehen) … im Guten wie im Schlechten.
- Projektion ist Reflexion. Immer dasselbe.
- Paare müssen nicht in einem Bett schlafen, es sei denn, sie wollen es unbedingt!
- Sehr viele Paare heiraten, ohne zu hinterfragen, warum.
- Monogamie ist für die meisten ein schwieriges Unterfangen – mehr als fünfzig Jahre lang Sex mit derselben Person zu haben, ist eine Herausforderung!
- Manchmal verletzen Menschen diejenigen, die sie lieben. Gute Menschen können schlechte Entscheidungen treffen. Das ist das wahre Leben.
- Wenn man sich nicht streitet und Probleme nicht löst, wirst du erleben, wie die Leidenschaft und der Sex in deiner Beziehung schwinden und der Groll wächst.
- Auch wenn man sich noch so sehr darüber ärgert: Bei einem Streit geht es nie darum, ob der Klodeckel runtergeklappt wurde oder nicht.

Beste Freunde für immer

Mein Körper ist wie ein bester Freund, mit dem ich mich vor vielen Jahren zerstritten habe. Wir haben uns eine Zeit lang aus den Augen verloren. Ich habe ihn jahrelang ignoriert (obwohl er sich regelmäßig in Erinnerung gebracht hat). Irgendwann erkannte ich schließlich, dass es an mir lag, den ersten Schritt zu machen und mich für meine harsche Kritik an ihm und meine Ablehnung ihm gegenüber zu entschuldigen. Zum Glück ist er nicht nachtragend.

Es ist ein schönes Gefühl, wieder in Kontakt mit meinem Körper zu sein und ihn so zu lieben und zu akzeptieren, wie er ist (wie man es unter besten Freunden tut). Mir war gar nicht bewusst, wie sehr ich ihn vermisste, bis ich ihn mit den Augen meines Herzens wiedersah.

Wenn wir unseren Körper nicht länger als Objekt zum Gefallen anderer (oder zu unserem Missfallen) betrachten, sondern als das lebenserhaltende Wunder, das er tatsächlich ist, ändert sich unser Leben. Von Grund auf.

Erwachsen werden

In der Beziehung, egal, zu wem, ob Freund*in, Partner*in, Familienmitglied, Kollegin oder Kollege, ja,sogar zu einer x-beliebigen Person auf der Straße, solltest du dich jedes Mal fragen, mit welchem Teil von ihm oder ihr du in einem bestimmten Moment in Kontakt stehst. Ist es ihr verständiges, erwachsenes Ich, mit dem du kommunizierst? Oder ist es das verletzte Kind? Besonders wichtig wird diese Frage, wenn es zu Meinungsverschiedenheiten oder Konflikten zwischen euch kommt, denn wenn du dich in dein fünfjähriges Ich zurückversetzt fühlst und diesen verletzlichen Teil von dir beschützen willst und sich dein Gegenüber ebenfalls mit seinem fünfjährigen Ich wehrt, versuchen zwei kleine Kinder, eine Erwachsenensituation zu lösen. Das geht selten gut aus.

Wenn du bereits an deiner persönlichen Entwicklung gearbeitet hast, dann musst du (ich sage es dir nur ungern) die Verantwortung und damit auch die Führung übernehmen, indem du versuchst, von einem erwachsenen Standpunkt aus zu kommunizieren. Es kann trotzdem sein, dass du getriggert wirst, und du könntest durchaus den einen oder anderen Wutanfall bekommen, aber du wirst die Erste sein, die mit großzügigen Entschuldigungen eine Lösung anbahnt. Du wirst die Gespräche auf einem anderen Niveau fortsetzen. Du wirst es wagen, den Kontakt aus dem Herzen heraus zu suchen, auch wenn dieses unter mehreren Schichten deiner Abwehr verborgen ist, und authentisch und mutig mit der (fünfjährigen) Person, die vor dir steht, in Kommunikation treten.

Manchmal gehört dazu, das zu äußern, was ich »das Unsagbare« nenne: Du gehst tief in dich und teilst der Person mit, was du auf dem Herzen hast, ohne Rücksicht auf die Forderungen deines Egos, zu siegen oder Recht zu haben. »Ich weiß, dass ich gerade wie eine Fünfjährige reagiert habe, und ich entschuldige mich. Was ich gesagt habe, war unfreundlich, und ich habe es nicht so gemeint. Ich habe einfach Angst. Können wir bitte noch einmal von vorn anfangen?«

Beobachte, wie sich dein Leben (und das Leben im Allgemeinen) durch diese Art von ehrlicher und mutiger Kommunikation verändert. Dein fünfjähriges Ich wird sehr stolz sein.

5 Dankbarkeit und Freude

Das Gesicht der Liebe

Wenn ein neuer Tag anbricht und Licht durch dein Schlafzimmerfenster schimmert, dann sei dir bewusst, dass dies die Liebe ist, die auf dein erwachendes Gesicht fällt. Sie heißt dich an diesem besonderen Tag willkommen, der dir geschenkt wurde. Sag also danke.

Wenn sich die Sonne auf deine müden Knochen legt, wisse, dass du in der Wärme der göttlichen Liebe gebadet und gehalten wirst. Sag danke.

Wenn Wind und Regen auf dein schläfriges Gesicht prasseln und der Sturm dich wieder wachrüttelt, spüre, wie du von der Gnade der Liebe gereinigt wirst. Du magst ächzen und stöhnen, dich wehren und dann aufgeben. Aber sage immer, immer, danke.

Wenn du mühelos einatmest und deine Lungen mit Luft füllst, spürst du, wie die Liebe dir Lebenskraft schenkt und deinen ganzen Körper kontinuierlich nährt, ohne etwas dafür zu verlangen. Sag also danke.

Wenn du aufstehst und bei jedem Schritt den festen Boden unter den Füßen spürst, spüre, wie du von der Gnade der Liebe gehalten wirst. Weine vor Freude, singe und tanze dein Dankeschön.

Das ist die geheime Schönheit, die uns allen entgehen kann, wenn wir nicht aufpassen. Das Gesicht der Liebe. Dies ist die Liebe, nach der du dich sehnst. Genau hier, genau jetzt, während du dies liest, liebt dich das Leben. Also verpasse es nicht. Fühle es. Wisse, dass es so ist. Glaube daran. Dann geh auf die Knie und weine vor Dankbarkeit. Lass dein Leben dein Dankeschön sein.

Dankbarkeitsübungen

Hier ist eine einfache Übung, die dein Leben verändern wird.

Nach dem Aufwachen, noch bevor du aufstehst, lege deine Hand auf dein Herz; spüre, wie es in deiner Brust schlägt, und sage dann Danke. Sprich dieses magische Wort (das zugleich ein Gebet ist) laut aus. Unabhängig von den Umständen deines Lebens, von Krankheit oder Übergewicht, das du mit dir herumschleppst, bist du am Leben, und dein Körper ist ein Wunder. Und du bist es auch. Also sag danke.

Apropos Wunder: Nimm dir ein paar Augenblicke Zeit, betrachte deinen Körper wie einen neuen Geliebten und bedanke dich bei jedem Teil von ihm. Bei deinen Füßen dafür, dass sie dich herumtragen, deinen lustigen kleinen Zehen dafür, dass sie dich im Gleichgewicht halten, deinen starken Beinen dafür, dass sie dich aufrecht halten, deinem Bauch dafür, dass er deine Kritik erträgt, deinem Darm dafür, dass er dein Essen verdaut, usw. Heiße jeden Teil von dir herzlich und liebevoll an diesem neuen Tag willkommen, der dir geschenkt wurde. Bedanke dich bei jedem und meine es vor allem auch so. (Du kannst das auch unter der Dusche tun, wenn du es eilig hast.)

Dann nimm diese Dankbarkeit mit in deinen Tag. (Schreib sie auf deine Hand oder ein Post-it, wenn du eine Erinnerung brauchst.) Vom dem ersten Gang zur Toilette am Morgen über die erste leckere Tasse Kaffee bis zur Farbe des Himmels: Danke laut der Aussicht aus deinem Fenster, den Blumen und

Bäumen, deiner Familie und deinen Freunden. Auch, wenn du dir dabei verrückt vorkommst, trau dich!

Denn wenn du diese tiefe Wertschätzung in dein Herz lässt, wird sie dein Leben grundlegend verändern.

Probiere es aus, wenn du mir nicht glaubst.

Fang am besten gleich damit an!

Ein Rezept für Lebensfreude

Hier ist ein einfaches Rezept von mir, um mehr Freude im Leben zu kultivieren. Man nehme:

- Gönn dir Zeit für einfache Aktivitäten, die dich entspannen und dir helfen, Stress abzubauen und in einen Flow zu geraten: Spazierengehen, Kochen, Lesen, Meditieren, Zeit mit der Familie, Freunden, Haustieren, Bäumen … was auch immer dich glücklich macht und nichts mit einem Bildschirm zu tun hat.
- Drücke dich kreativ aus – singe, tanze, male, zeichne, dekoriere, gärtnere, tue, was dein Herz erfüllt.
- Plane Zeit für Lachen, Spaß und Spiel ein. Das Leben ist schon ernst genug, also nimm dir Zeit, um dir die Last ein wenig zu erleichtern. Füge nach Belieben eine Prise Kichern und Albernheit hinzu. Über sich selbst zu lachen, ist besonders schmackhaft.
- Investiere in Beziehungen, die Freude in dir wecken. Recycle oder entsorge diejenigen, die ihr Haltbarkeitsdatum überschritten haben.
- Engagiere dich. Suche Wege, um andere zu unterstützen und dich sinnvoll mit der Gemeinschaft zu verbinden.
- Bewege dich körperlich. Freude ist Energie, und Bewegung lässt diese Energie fließen. Steh auf und tu etwas. Schüttle und tanze dich hin zu mehr Freude.

Das Ganze verrühren und eine großzügige Portion Liebe, Freundlichkeit und Wertschätzung darüberstreuen. Guten Appetit!

Kennst du diese Rezepte mit einer besonderen Zutat, die den Unterschied zwischen lecker und absolut köstlich ausmacht? Etwa das kleine Stückchen dunkle Schokolade, das du in ein Chili gibst? Nun, die magische Zutat für dieses Rezept ist Dankbarkeit. Richte deine Aufmerksamkeit auf all das, wofür du dankbar sein kannst (ohne deine Probleme zu verleugnen) und beobachte, wie deine Freude wie ein perfektes Soufflé aufgeht.

Freude ist ein inneres Fest. Eine Art zu leben, die regelmäßige Übung erfordert. Außerdem ist sie hochgradig ansteckend und hat einen Welleneffekt, der sich weithin ausbreitet. Sorge also dafür, dass du dein köstliches Gericht der Freude mit vielen verschiedenen Menschen teilst, denn je mehr du in die Verbreitung deiner Freude investierst, desto köstlicher wird dein Leben schmecken.

Ein Date mit dem Staunen

Ein Rendezvous mit dem Staunen = eine gewisse Zeitspanne, in der du die Natur ganz bewusst betrachtest, als würdest du sie zum ersten (oder letzten) Mal sehen.

Bei einem Date mit dem Staunen geht es nicht nur darum, Dankbarkeit und Freude zu kultivieren. Es geht auch darum, dich wieder mit dir selbst zu verbinden, mit deinem eigenen Körper und damit auch mit dem Körper der Erde. Denn um unseren Geist voll und ganz mit Leben zu erfüllen, müssen wir immer wieder zu der Natur zurückkehren, von der wir ein Teil sind – uns in ihrer Schönheit sonnen, in ihren Wundern baden und uns von ihr leiten und reinigen lassen, um uns an unseren Platz in der Familie aller Dinge zu erinnern. Bis wir uns schließlich bewusst werden, dass wir mit allem Leben gemeinsam existieren und atmen.

Wenn du genügend von diesen wunderbaren Verabredungen aneinanderreihst, wirst du bald feststellen, dass du eine lange, tiefgehende Liebesaffäre mit dem Leben hast.

Blühende Felder der Freude

Wenn du genügend Samen der Dankbarkeit
tief in dein Herz pflanzt und sie täglich gießt,
wirst du sehen, wie die Blumen namens
Freude nach und nach erblühen.

Die Revolution der Freude

Freude ist radikaler Aktivismus. Und eine Spielart der Freude ist die Liebe. Mit Freude zu leben bedeutet, die Welt zu verändern. Eine Freudenaktivistin hat die Macht, jeden und jede zu berühren und zu verändern, ohne dass sie ihm oder ihr überhaupt begegnen muss. Ihre freudige Energie strömt wie ein Gebet in die Welt hinaus und verbreitet sich weit und breit. Sie landet wie ein zärtlicher, liebevoller Kuss auf den zerschundenen Herzen der schlafenden Verwundeten.

»Du wirst wahrgenommen«, flüstert die Freude. »Und du wirst geliebt.«

Mit genügend Freudenaktivistinnen, die ihren Zauber weben und ihren Freudenstaub verstreuen, ist alles möglich. Sie heilen heimlich die Welt – ein Lächeln, ein Kichern, ein Lied und ein Tanz nach dem anderen. Komm mit und schließe dich der Revolution an!

Freude ist das, was kommt, wenn die Erwartung geht.

6 Authentisch leben

Authentizität

Authentizität ist ein häufig bemühtes Wort, aber was bedeutet es eigentlich? Die Definition aus dem Wörterbuch kennen wir, aber dies bedeutet es für mich:

Bei Authentizität geht es im Wesentlichen um Wahrheit, um Echtheit. Oft müssen wir zunächst einmal uns selbst gegenüber ehrlich sein, um auch anderen so gegenübertreten zu können.

Authentisch zu sein bedeutet, sich zu trauen, die unehrlichen Schichten und Masken eine nach der anderen abzulegen und die Person zu entdecken, die du wirklich bist und die darunter verborgen liegt. Dies ist dein wahres Ich. Die Person, die existierte, bevor dein Herz allzu oft gebrochen wurde.

Authentizität bedeutet, zu stolpern und zu straucheln, nach einem Sturz wieder aufzustehen, mit einem schiefen Lächeln und Dreck auf der Nase, und zu sagen: »Hoppla!«

Es geht dabei um Offenheit und Mut, um das Nichtwissen und das Neinsagen. Es geht darum, dass du dich traust, das schönere Leben zu leben, für das du bestimmt warst, bevor dich dein (toxisches) Umfeld vom Gegenteil überzeugt hat. Es geht um das Jasagen.

Es geht darum, so hell zu strahlen, dass die Welt eine Sonnenbrille braucht, um dich anzusehen. Sonnenschutz ist auch sinnvoll. Und die traurige Wahrheit ist, dass nicht alle Menschen helles Licht mögen … Manche ziehen es vor, im Schatten zu bleiben.

Und schließlich geht es bei Authentizität darum, zu strahlen UND deine Schwächen zu akzeptieren. Nicht als unwillkommene Gäste, sondern als eingeladene beste Freundinnen, die dich auf der Achterbahnfahrt deines Lebens begleiten.

Das ist Authentizität in ihrer ganzen Schönheit.

Gute Fahrt!

Authentisch leben

Manchmal fürchte auch ich mich durchaus davor, die Wahrheit zu sagen, wie ich sie sehe … aber es macht mir viel mehr Angst, eine Lüge zu leben.

Verletzlichkeit

Hier folgen einige Beispiele, wie man seine Verletzlichkeit ausdrücken kann – manche habe ich von anderen gehört; andere stammen von mir.

- Ich suche neue Freunde. Können wir uns mal auf einen Kaffee treffen?
- Begleitest du mich? Ich möchte nicht alleine gehen.
- Ich bin immer nervös, wenn ich neue Leute kennenlerne.
- Es tut mir wirklich leid, dass ich das gesagt/getan habe.
- Könntest du noch ein bisschen bleiben? Ich fühle mich einsam.
- Ich habe das gesagt, um dich zu beeindrucken, aber es ist nicht wahr.
- Das, was du gesagt hast, hat mich wirklich verletzt.
- Ich bin furchtbar traurig.
- Ich liebe dich.
- Ich finde das nicht lustig.
- Ich verlasse dich, um mich selbst zu finden.
- Ich bin nicht einverstanden mit dem, was du sagst.
- Was ich auf meiner Instagram-Seite poste, ist nicht das ganze Bild.
- Ich kann so nicht weitermachen.
- Ich habe Angst, dass du mein wahres Ich nicht magst.
- Tief im Inneren befürchte ich, dass ich kein besonders netter Mensch bin.
- Kannst du mich bitte mal in den Arm nehmen?
- Manchmal habe ich das Gefühl, dass du mich nicht magst.

- Ich weiß nicht, was ich sagen soll.
- Ich vermisse es, berührt zu werden.
- Ich habe Angst, dass du mir wehtun könntest.
- Kannst du mir etwas nennen, was du an mir magst?
- Nein

Steh auf!

Wenn Frauen aufwachen und ihr wahres Ich wiederentdecken, müssen in dem Prozess häufig viel Wut, Ungeduld und Irritation aus ihrem Inneren aufsteigen und beseitigt werden. Plötzlich wirst du dich dabei ertappen, wie du nicht mehr freundlich lächelst und stumm nickst, wenn dich (wieder einmal) jemand unterbricht, sondern laut sagst: »Ich bin noch nicht fertig!« oder sogar: »Warte, bis du dran bist!« (Ich weiß, das ist schwer!!)

Keine Sorge, du verwandelst dich nicht in ein schreckliches Ungeheuer – auch wenn manche, die noch nicht soweit sind, etwas anderes zu behaupten. (»Vorher mochte ich dich lieber«, »Du bist in letzter Zeit so aggressiv.«) Du lässt einfach zu, dass die vielen jahrzehntelang unterdrückten Frustrationen und hinuntergeschluckten Wahrheiten an die Oberfläche kommen, und du hast es satt, sie in eine Zuckerschicht zu verpacken, damit andere sie leichter schlucken können. »Such dir deinen eigenen Zucker, ich hab zu tun!«

Du wirst dich dabei ertappen, wie du solche Sachen sagst wie: »Auf gar keinen Fall!« oder »Ich bin damit nicht einverstanden« und »Ich kann da nicht« (ohne weitere Erklärung, ätsch.) Deine Kraft beginnt, dich und deinen Körper mit einem mächtigen Brüllen zu durchfluten. »Ich habe ‚Nein' gesagt!«; »Ich bin dran, lass mich ausreden!« und natürlich das gute alte »Du kannst mich mal!« Es ist, als ob die Wahrheit eines ganzen Lebens aus dir herauswill. Es gibt kein Halten mehr. Das ist nicht angenehm, aber absolut notwendig.

Hat sich die Wut erst einmal gelegt und du kommst mit dieser neuen Kraft und Wahrheit, die in dir stecken (und die schon immer da waren), zurecht, spürst du, dass deine gesamte weibliche Ahnenreihe hinter dir her, in dir und durch dich hindurch geht. Kein Verstecken mehr, kein Lügen mehr. Kein Ducken mehr. Nur noch das wunderbare, kraftvolle, wahrhaftige, unverhüllte Du.

Hingabe

Manchmal nimmt mein Körper an Gewicht zu, besonders wenn er sich unsicher fühlt. Manchmal spricht er in einer Sprache zu mir, die ich nicht verstehe. In letzter Zeit heizt er sich auf, um mich wissen zu lassen, dass ich gestresst bin oder lüge. Er ist ein wahrheitsliebendes Wunder!

Er wurde missbraucht, geschändet, ausgebeutet, vernachlässigt, ausgehungert und vollgestopft. Er wurde verurteilt, kritisiert, verglichen, bestraft und abgelehnt. Und trotzdem liebt er mich genug, um mich am Leben, gesund und heil zu erhalten. Wie erstaunlich ist das denn?!

Wenn ich heute in den Spiegel schaue, sehe ich ein herrliches Geschenk, ein Wunder. Einen Körper voller Kurven und Weichheit, Trauma-Narben und Liebe. Einen Körper, der eine fabelhafte Geschichte zu erzählen hat.

In all den Jahren der Bestrafung und der grausamen, harschen Worte, die er von mir und anderen einstecken musste, hat er mich nie verraten und immer mein Bestes im Sinn gehabt. Selbst wenn er krank wird, weiß ich, dass er es deswegen tut, damit ich innehalte und mich ausruhe. Ich bin so dankbar! Dieser Körper trägt meine Seele, mein Herz, meine Hoffnungen und meine Sehnsüchte. Er ermöglicht es mir, die zärtlichen Berührungen meiner Enkel zu spüren. Die Sonne auf meinem Gesicht. Den Geschmack von Eis.

Und schließlich kann ich meinen Körper jetzt lieben. Ich weigere mich sogar, es nicht zu tun. Und ich werde ihn keinen einzigen Tag mehr verraten, indem ich ihn abfällig kritisiere oder an jemanden verschenke, der ihn nicht so zu schätzen weiß wie ich.

Authentisch sein

Als ich mich nach und nach veränderte und weiterentwickelte und wieder zu der wurde, die ich ursprünglich war, stellte ich fest, dass viele die alte Version von mir bevorzugten. Die »uneigennützige, witzige, nach allen Seiten hin offene, jeden außer sich selbst liebende« Donna passte ihnen viel besser (vielen Dank). Aber sie passte mir nicht.

Eines Tages wachte ich auf und konnte einfach keine Masken mehr tragen. Es gab so viele, die auf dem Boden meines Schlafzimmers verstreut lagen, und alle waren so unglaublich schwer geworden. Es war auch verwirrend, diese vielen verschiedenen Rollen zu spielen. »Wer um alles in der Welt werde ich heute sein?«

Ich gelangte an einen Punkt, an dem ich keinen einzigen Moment lang mehr so tun konnte, als wäre ich etwas anderes als mein fehlerhaftes, unvollkommenes, fabelhaftes Ich. Am Anfang war das beängstigend. Als ich die letzte Maske abnahm und in den Spiegel schaute, konnte ich überhaupt nichts mehr erkennen. Es war, als ob ich verschwunden wäre, was wohl auch irgendwie stimmte. Aber nach und nach, als ich anfing, ehrlicher und authentischer zu leben und zu sprechen, kam mein Gesicht in seiner neuen Form wieder zum Vorschein, während ich zu meinem wahren Ich zurückkehrte.

Es ist nicht immer leicht, echt zu sein, wirklich nicht. Manchmal scheint es einfacher zu sein, ein »falsches Gesicht« aufzusetzen. Es erfordert eine Menge Mut, mich so zu zeigen, wie ich bin. Nicht mehr und nicht weniger. Wenn ich mir selbst treu bleibe, bedeutet das manchmal, andere zu enttäuschen. Wenn ich sage, was ich für die Wahrheit halte, ist es manchmal nicht das, was mein Gegenüber hören möchte. Und damit kann ich mich zunehmend abfinden. Denn das ist die Realität eines authentischen Lebens.

Was es mir letztendlich bringt, ist ein unglaubliches Gefühl von Behaglichkeit und Entspanntheit in dieser unvollkommenen und echten Haut, während ich strauchele und stolpere und dankbar durch diese erschreckende und schöne Erfahrung namens Leben wachse.

Und wenn ich heute in den Spiegel schaue, gefällt mir sehr, was ich sehe. Mich.

Zündstoff

Wut und Leidenschaft sind wie enge Verwandte, ja, sogar wie Zwillinge. Sie gehören zusammen.

Oft unterdrücken und verleugnen wir als Frauen unsere Wut, schlucken unsere Frustrationen zusammen mit unserer Wahrheit hinunter und stellen irgendwann fest, dass unser Glaube an unsere innere Kraft, unser Mojo, zur Hintertür rausgeschlüpft ist. Wir haben das Gefühl, keinen Zugang mehr zu unserer Freude am Leben zu haben, und ohne sie erlahmt, stagniert und verödet unser ganzes Energiesystem.

Wir merken, dass sich dieser Mangel an Leidenschaft auf alle Bereiche unseres Lebens auswirkt, auch auf unseren Sexualtrieb. Die ganze unverdaute Wut, die in unserem Bauch sitzt, blockiert unsere sexuelle Energie und die Lebenskraft, die sich darunter verbirgt.

Wenn du dich also fragst, wo dein Mojo geblieben ist und warum du kaum noch Lust hast, mal so richtig durch die Betten zu toben, solltest du dir vielleicht einmal ansehen, wo du deine Wut zuletzt gelassen hast.

Denn wenn du diese Wut über deinen Körper und deine Stimme kontrolliert abrufst und rauslässt, entfachst du vielleicht das Feuer in dir neu und entdeckst, dass deine Leidenschaft zurückkehrt und wieder entflammt.

Die Wahrheit

In dem Moment, in dem wir anfangen, die Wahrheit zu sagen, verändert sich alles. Nichts in unserem Leben kann so bleiben, wie es ist, wenn die Wahrheit ihr Gesicht gezeigt hat.

Die Wahrheit besitzt vielerlei Gestalten: Sie zeigt sich in den Worten, die wir sagen, und in denen, die wir nicht sagen. Sie äußert sich lautstark in dem, was wir tun, und noch lauter in dem, was wir nicht tun. All unsere Gefühle sind reine Wahrheit. Unsere Tränen sind in Wirklichkeit kleine Tröpfchen flüssiger Wahrheit. Und unsere Trauer zu zeigen ist eine unserer wahrhaftigsten Ausdrucksmöglichkeiten.

Unser Körper spricht immer die Wahrheit. Das ist die einzige Sprache, die er kennt. Du weißt nicht, was du tun oder sagen sollst? Frag deinen Körper und höre gut zu …

Um unsere Wahrheit zu leben, müssen wir uns manchmal eingestehen, dass wir eine Lüge leben. Wir sind vielleicht noch nicht bereit, aus dieser Lüge auszusteigen, aber sie als das zu bezeichnen, was sie ist, sogar uns selbst gegenüber – das ist die Wahrheit.

Die Wahrheit kann herausfordernd, schmerzhaft, lebensverändernd und erschreckend sein. Das ist wahr. Sie ist aber auch reinigend, mutig, herzerfrischend und befreiend.

Wage es, die Wahrheit zu sagen.

Sie wird dich wirklich frei machen.

Die Wahrheit sagen

Wahrheit ist, dir einzugestehen, wenn du dich selbst belügst.

Wahrheit ist, wenn du dich traust zu sagen, dass du vollkommen die Orientierung verloren hast.

Wahrheit bedeutet, Grenzen zu setzen und zu verteidigen, auch wenn du die Arschbacken zusammenkneifen musst und dir der Angstschweiß ausbricht.

Die Wahrheit sagt: »Ich entscheide mich für mich.«

Die Wahrheit ist: nein.

Wahrheit ist nuanciert. Sie ist nicht an Fakten oder Schwarz und Weiß interessiert. Sie fühlt sich in der Grauzone wohl (obwohl sie eigentlich eher silbrig ist …).

Die Wahrheit spricht mit Tränen, Wut, Trauer und lauten Freudenschreien.

Der Körper sagt die Wahrheit, auch wenn einem manchmal die Worte fehlen. Und auch die Augen sagen die reine Wahrheit. Immer.

Die Wahrheit lautet: Ich weiß es nicht.

Die Wahrheit sagt: »Ich liebe dich« oder »Ich liebe dich nicht mehr«.

Die Wahrheit sagt: »Ich habe zu große Angst, um zu gehen.«

Die Wahrheit wird gehen, wenn es an der Zeit ist.

Die Wahrheit sagt: »Ich habe schreckliche Angst, aber ich kann so einfach nicht weitermachen.«

Die Wahrheit sagt: »Ich bin einsam, bitte halte mich in deinen Armen. Hilf mir!«

Die Wahrheit tanzt und singt, ohne Angst, kritisiert zu werden.

Die Wahrheit kümmert sich nicht darum, welche Verletzungen andere sehen können oder nicht.

Die Wahrheit hasst es, einen BH zu tragen.

Die Wahrheit liebt Silber und Glitzer.

Die Wahrheit ist ein Ja.

Die Wahrheit wird zuerst gefühlt, dann niedergeschrieben, dann ausgesprochen und dann gelebt.

Wo keine Wahrheit ist, ist es einsam.

Wahrheit ist ein Kompass.

Wahrheit ist Heimat.

Die Wahrheit sagt: »Ich weiß, dass da noch mehr ist …«

Die Wahrheit schaut erst nach unten und dann nach oben.

Die Wahrheit ist heilig. Ein Fest. Sie ist eine Glitzerkugel.

Die Wahrheit ist da, wo das Licht hereinscheint.

7 Das Größte ist die Liebe

Die sieben Stufen der Rückkehr zur Liebe

Am Anfang gibt es nur die Liebe. Die allumfassende Liebe. Doch im Laufe unseres Lebens und unserer fortschreitenden Erfahrungen vergessen wir sie allmählich.

Dies sind die wichtigsten Stufen, um sich an sie zurückzuerinnern:

1 Schmerz – zuerst kommt der Schmerz … Trennung, Ablehnung, Verlassenwerden und Verlust. Herzschmerz. Wobei die Verdrängung dieses Schmerzes mehr Leid verursacht als die ursprüngliche Verletzung.

2 Heilung – anschließend folgt die Phase der Heilung, in der wir uns langsam, tiefgehend und mutig dem Schmerzenden und Zerbrochenen zuwenden. Wir trauern um alles, was wir verloren haben, und füllen mithilfe der Liebe die vielen Löcher in uns.

3 Verlernen – dann kommt die entscheidende Phase des Verlernens. Negative Muster, Loyalitäten und dysfunktionale Glaubenssysteme, die unverarbeitet über Generationen tradiert wurden, müssen durchbrochen werden. Schneide die negativen Stränge durch, die dich an die Vergangenheit binden.

4 Lernen – als Nächstes kommt das Lernen – oder besser: das Wieder-Lernen. Erinnere dich an die Unschuld, Wahrhaftigkeit, liebevolle Güte und Verspieltheit deiner Kindheit und lass dich dabei von der Weisheit und tiefen Liebe deiner eigenen Seele leiten. Das erfordert Demut, Neugier, Verletzlichkeit und Hingabe und führt hin zu unbändiger Freude.

5 Erwachen – schließlich erreichen wir das vollständige Erwachen – wenn auch nur für einen Moment. Wir öffnen die Augen für das, was in der Vergangenheit war und werden uns bewusst, dass wir weder getrennt von anderen existieren noch anders sind als sie. Wir konzentrieren uns auf die Einheit aller Dinge und das Wunder, das sich darin verbirgt. Wir erkennen, dass unser Leben eine Gnade ist und geben uns ihm hin, voller Vertrauen in die Ungewissheit, das Chaos, den Schmerz und die erlesene Schönheit allen Seins.

6 Es geht noch weiter – regelmäßig weinen wir vor Dankbarkeit und Freude, weil wir erkennen, dass unsere Zeit in menschlicher Gestalt endlich ist. Sie wird bald vorüber sein. Heute, morgen, in dreißig Jahren: Wer weiß? Es geht schnell. Indem wir dem Ende ins Auge blicken, können wir wahrhaft beginnen. Es gibt keine Zeit zu verlieren.

7 Liebe jenseits der Liebe – wir blicken über die Illusion der Liebe als etwas, was man geben, empfangen, verlieren oder verdienen kann, hinaus und erinnern uns daran, wer und was wir sind. Wir kehren dahin zurück, wo wir angefangen haben, zur universellen Liebe. Und dort schauen wir zurück und sehen die, die hinter uns gehen, und wir reichen ihnen die Hand, um sie weiter zu geleiten.

»Hier entlang, alles ist gut, folgt dem Weg …«

Liebe ist das Heilmittel

Die Liebe hat dir nie wehgetan. Und das wird sie auch nie tun. Nichts Verletzendes, Schmerzhaftes oder Grausames wurde jemals im Namen der wahren Liebe getan.

Nichts.

Klammern, Begehren, Kontrolle, Wut, Bedürfnis und Abgrenzung möglicherweise; wobei sich manches vielleicht sogar als Liebe getarnt hat. Aber niemals die Liebe selbst.

Denn wahre Liebe schadet nie, sie heilt nur. Und es stimmt, was man sagt: dass wahre Liebe niemals stirbt. Selbst wenn der Mensch nicht mehr lebt, oder er geht. Die Liebe bleibt.

Immer.

Diese Art von Liebe (die einzig wahre) lebt weiter. Denn es war nie an uns, sie zu geben oder zu empfangen. Es liegt nur an uns, uns an ihren Geschmack zu erinnern. Diese Liebe ist unsere wahre Natur und unser Geburtsrecht. Sie ist die Medizin gegen alles Übel. Das Gegenmittel für alle Seelenkrankheiten und Leiden. Das warme Licht des Sommers nach einem langen, dunklen Winter.

Wenn wir es zulassen, wird die Liebe uns alle trösten, heilen und retten.

Güte = angewandte Liebe

Güte ist ein Wort, ein Blick, eine Berührung, ein Verhalten, eine Möglichkeit.

Güte ist die Sprache des Herzens, und sie ist universell.

Sie wird von jedem Menschen gesprochen, wenn er sich traut, sein Herz sprechen zu lassen.

Güte ist Hoffnung.

Güte bedeutet offene Arme, auf andere zugehen, eine Hand zum Halten, ein Arm zum Aufstützen, eine zärtliche Berührung. Güte ist ein Moment, eine Präsenz, ein Lächeln, freundliche Augen und offene Ohren.

Güte erinnert dich daran, dass du wichtig bist. Dass du wahrgenommen, angehört und verstanden wirst. Sie zeigt dir, dass du geliebt wirst.

Güte flüstert dir Geschichten von Beruhigung, Liebe und Freiheit ins Ohr.

Güte urteilt nicht. Sie versteht dich. Du hast Fehler gemacht. Ich auch.

Güte bringt dich dazu, dich zu fragen, ob es mehr im Leben gibt als die Schrecken in deinem Kopf. Sie lässt dein Herz schmerzen und deine Tränen fließen. Auf eine gute Art, denn dies ist die einzige Art.

Güte sagt: »Tritt von der Kante zurück. Klettere von diesem Vorsprung herunter. Nimm meine Hand.«

Güte lädt dich ein, noch eine Weile zu bleiben. Lange genug, damit ihre Medizin dich heilen kann.

Güte sagt: »Ich liebe dich, ich halte dich. Ich bin da.«

Güte bittet dich, noch ein wenig zu bleiben. »Geh nicht weg. Das war noch nicht alles …«

Güte ist angewandte Liebe.

Also schenke mehr Liebe. Und strebe danach.

Sei gütig. Immer.

Verliebt

Wenn wir von Selbstliebe sprechen, wissen wir, dass sie eine innere Angelegenheit ist, aber wenn es darum geht, geliebt zu werden, denken wir in der Regel an andere, außerhalb von uns, die uns diese Liebe schenken. Das kann eine Geliebte oder ein Geliebter sein, ein Freund oder eine Freundin, ein Haustier, eine Partnerin oder ein Partner oder ein Mitglied unserer Familie. Jemand »dort draußen«, der uns durch seine Liebe lebendig macht.

Die Wahrheit ist jedoch, dass wir in jedem einzelnen Moment eines jeden Tages geliebt werden. Wir werden niemals nicht geliebt. Sogar (vielleicht sogar besonders) in unseren dunkelsten Stunden und einsamsten Nächten. Selbst im Chaos und in den Wirren der Stürme des Lebens, selbst versteckt unter den Ängsten und dem Selbsthass. Ja, sogar dann werden wir geliebt. Der Himmel liebt uns. Auch die Sterne und der Mond lieben uns. Die Vögel, die Bäume, die Blumen, das Meer, die Luft, die wir atmen. Der Erdboden, auf dem wir gehen. Selbst die Regentropfen sind flüssige Liebe. Die Nahrung, die wir zu uns nehmen, das Wasser, das wir trinken und in dem wir baden … Ich könnte ewig so weitermachen! So. Viel. Liebe.

Mutter Erde liebt uns in jedem Augenblick, und wie unsere eigenen Mütter liebt sie uns auch dann, wenn wir es nicht verdienen. Genau wie gegenüber unseren eigenen Müttern sind wir blind für die Opfer, die sie bringt. Wir nehmen sie als selbstverständlich hin und bemerken nicht einmal, wie sie alles für uns gibt. Immer.

Wahre Liebe.

Öffne also die Augen, hebe dein müdes Haupt und atme diesen Überfluss der Liebe ein. Lass sie dich erfüllen und bis in deine Knochen vordringen. Hauche nur »Danke«. Und eines Tages wirst du auf die Knie fallen und vor Dankbarkeit weinen, weil du weißt, dass du geliebt wirst. Du wirst geliebt – du bist Liebe.

Wo die Liebe lebt

Es war ein harter Tag, als mir endlich klar wurde, dass niemand kommen würde, um mich zu retten, und ehrlich gesagt träume ich manchmal (meistens nachts) noch immer davon, dass jemand auftaucht. Aber inzwischen weiß ich wenigstens, dass es eine Fantasie ist und genieße sie als das, was sie ist: ein kurzer Flirt mit einem Märchen.

Es war ein großer, lebensverändernder Moment, als mir klar wurde, dass ich süchtig nach dem ganzen Kummer und Leid geworden war. Dass ich jeden Tag nur noch meine Scheißbrille aufhatte und es kein Wunder war, dass ich nur noch Sch* sah. ÜBERALL. Ehrlich gesagt kannte ich nicht anderes. Ja, mein Leben fühlte sich beschissen an, aber es war sicherer, sich in diesem Gestank zu suhlen, als die schwere und schmerzhafte Aufgabe anzugehen, auszusteigen und mein Leben in Ordnung zu bringen.

Es war der Tag, an dem ich mir widerstrebend eingestand, dass niemand an meinem Leben schuld war, auch ich nicht. Von diesem Punkt an ging es nicht mehr um Schuldzuweisungen oder meine Opferrolle, sondern darum, zu gesunden und neue, andere Entscheidungen zu treffen. Bessere, gütigere und liebevollere Entscheidungen. Mit der Zeit wuchsen diese kleinen, aber kraftvollen Entscheidungen zu meinem neuen Leben heran. Im Grunde simpel – aber nicht leicht.

Es war ein ganz normaler und doch außergewöhnlicher Tag, an dem mir plötzlich klar wurde, dass meine Gegenwart und meine Zukunft nicht mehr von meiner Vergangenheit bestimmt werden sollten. Dass die ganze schwere innere Arbeit sich gelohnt hatte. An diesem Tag bin ich wirklich aufgewacht. Alle meine drei Augen waren weit geöffnet. Und jetzt setze ich jeden Morgen meine dreifache Dankbarkeitsbrille auf, und ratet mal, was ich sehe? Ich sehe, dass die Liebe überall lebt. Sogar im Dreck. Ich sehe sie, ich fühle sie, ich kenne sie, ich lebe sie. Ich bin sie. (Und du bist es auch.)

Bestimmung

Oft höre ich von Leuten, sie müssten »ihre Bestimmung« finden, doch deine Bestimmung ist genau dieselbe wie meine, dieselbe wie die von uns allen. Du musst dich nur daran erinnern, dass du Liebe bist. Du warst noch nie nicht Liebe und wirst auch nie etwas anderes sein als Liebe.

Wenn du dir dessen bewusst bist (dich daran erinnerst), besteht deine einzige Aufgabe darin, diese Liebe in der Welt zu leben, zu atmen und zu sein. Denn wenn du Liebe in die Welt hinausstrahlst, werden andere spüren, wie deine Liebe in ihnen ankommt und sich langsam an ihre eigene erinnern. Welche bessere Bestimmung kann es geben als diese?

Das Paradoxon der Liebe

Dich selbst zu lieben und zu akzeptieren,
auch wenn du dich weiterhin selbst
sabotierst und dich auf eine Weise verhältst,
die nicht widerspiegelt, wie liebenswert und
wertvoll du wirklich bist – das ist wahre
Hingabe. Das ist radikale Selbstliebe.

LIEBE über die Liebe hinaus

Ich glaube, wenn ich für jemanden bete, sende ich energetische Strahlen der Liebe in sein Herz. Das ist ein bisschen so, als würde ich meine Lieblingspralinen mit ihm oder ihr teilen, unabhängig davon, ob ich glaube, dass er oder sie es »verdient« hat.

Jedes Mal, wenn ich für eine Person bete, stelle ich mir vor, wie die Liebe meines Herzens um die Welt reist und klammheimlich in ihrem Herzen landet, während sie schläft oder auf Social Media ist, ihre Kinder anschnauzt, weint, ihre Medikamente nimmt oder sogar richtig dumme Entscheidungen trifft, die anderen schaden. (Diese Menschen bekommen vielleicht sogar zwei Pralinen – sie brauchen eindeutig mehr.)

Diese Art von Gebet hat nichts mit Gott oder Religion zu tun, sondern mit reiner, bedingungsloser Liebe. Wahrer Liebe.

Einige von euch werden diese Vorstellung vielleicht albern finden und beim Lesen mit den Augen rollen. Mir macht das nichts aus, denn ich werde dir trotzdem mein letztes Schokostückchen ins Herz schieben. So sehr liebe ich dich.

Liebe machen

Sie streut Güte aus wie
Konfetti und macht
langsam Liebe mit der
ganzen Welt.

8
Weisheit

Dies hier

Angenommen, dies hier ist alles.

Angenommen, es gibt keinen besseren Ort für dich, kein Nirwana, das du erreichen kannst. Es sind also nicht deine Lebensumstände, die »repariert« werden müssen, sondern du brauchst nur neue Brillengläser.

Perspektive.

Angenommen, du bist schon die ganze Zeit im Himmel.

Angenommen, du irrst dich, wenn du glaubst, in irgendeiner Weise kaputt oder fehlerhaft zu sein, und in Wirklichkeit ist alles in Ordnung mit dir. Angenommen, an dir fehlt nichts, sondern dir fehlt einfach nur etwas.

Und zwar die Erinnerung daran, wer und was du wirklich bist.

Ein Kind des Universums.

Ein leuchtender Stern.

Angenommen, der Weg ist tatsächlich das Ziel. Ein Klischee, das dennoch wahr ist.

Angenommen, du hast genau hier und jetzt alles, was du jemals brauchen wirst.

Und jedes Stolpern und Fallen wurde dir nur geschickt, um dich demütig zu machen.

Je mehr du fällst, desto dankbarer, zärtlicher und liebevoller wirst du. Das ist alles.

ACHTUNG! Da fällt sie schon wieder. Mit der Nase in den Dreck.

Nirwana.

Angenommen, dein Leben wäre mit jedem einzelnen Atemzug von unsichtbarer Gnade erfüllt.

Ja, sogar (besonders) dort unten im Dreck.

Du atmest immer noch, ein und aus – eine Gnade.

Was wäre, wenn?

Wahrheitsdetektivinnen

Dass mit uns etwas nicht stimmt, gehört zu den größten Lügen, die uns Frauen vom Patriarchat verkauft werden. Wenn wir nur etwas süßer, hübscher, schlanker, kurviger, »weiblicher«, intelligenter (aber nicht zu sehr!), weniger emotional, jünger, ruhiger, rationaler usw. wären, würden uns die werten Herren vielleicht endlich lieben und akzeptieren.

Stattdessen füttern sie uns mit den Samen der Unsicherheit, und sie haben sie schon in uns hineingepflanzt, bevor wir überhaupt die Gelegenheit hatten, das mächtigste Wort überhaupt zu lernen: NEIN! Tag für Tag kultivieren sie unsere Unsicherheiten, bis wir vergessen, wer wir wirklich sind und wozu wir fähig sind. Es ist, als legte sich ein riesiger Mantel der Amnesie um unseren »unzulänglichen« Körper und unseren Verstand. Also leben wir, als wären wir »weniger als« und entwerten uns und unsere Schwestern mit patriarchalischen Ausdrücken. Das raubt uns unseren ganzen Wert, unsere Kraft, unsere Weisheit und unser Wesen.

Und um mit diesen heimtückischen Lügen, die in unsere Seele sickern, fertig zu werden, müssen wir alles Mögliche kaufen, trinken, essen, schnupfen (»Das ist aber nicht sehr damenhaft«!) und uns mit den Drogen unserer »Wahl« selbst behandeln. All das ist Teil des Masterplans, damit wir weiterhin die konsumorientierte, materialistische und kapitalistische Maschine des Patriarchats füttern.

Unsere Aufgabe als Frauen ist es, (wieder) zu erwachen. Wir müssen zu Wahrheitsdetektivinnen in unserem eigenen Leben und im Leben ganz allgemein werden. Wir müssen die Lügen, die uns von Anfang an erzählt und verkauft wurden, sezieren. Wir müssen es wagen, auszusprechen, was wir schon immer wussten: Der Kaiser ist splitternackt.

Wenn wir (wieder) erwachen und uns bewusst in uns selbst verlieben, können wir diese Arbeit als das betrachten, was sie ist – der mächtigste Aktivismus, den wir je in Gang setzen werden. Sich selbst umfassend zu lieben bedeutet, sich an seine eigene Seele zu erinnern und sie zu ehren. Sich selbst vollständig zu lieben bedeutet, alle Mädchen und Frauen zu lieben und zu ehren. Alle Teile von dir als mehr als genug zu akzeptieren, bedeutet, deine heilige weibliche Kraft zurückzufordern – durch Worte, durch Taten, durch Selbstakzeptanz, durch die Wahl, die du triffst.

Ab dann wird alles und jedes möglich.

Die Welt (einschließlich unserer lieben Jungen und guten Männer) braucht dich, um sich daran zu erinnern. Es ist Zeit, aufzuwachen.

Zwei Schritte vorwärts

Wenn wir in unserem Bemühen, uns vorwärts zu bewegen, niemals rückwärts gehen, wie sollen wir dann all den alten Teilen von uns begegnen und sie nach Hause holen?

Wenn ich rückwärts gestolpert bin, ging es oft auch vorwärts. Alles zur gleichen Zeit. Ich traf die jüngeren Versionen von mir, die ich in meinem Wunsch, ein »besserer« Mensch zu sein, in die Wildnis verbannt hatte. Wenn ich mich dann rückwärts bewege und auf mein altes Ich stoße, kann es durchaus passieren, dass ich mich wieder auf die alte, ungesunde Weise verhalte, während ich die Ereignisse von damals noch einmal Revue passieren lasse (nur um sicherzugehen).

Aber solche kleinen Ausflüge in mein altes dysfunktionales Selbst dauern nur wenige Momente, und ebenso wie Rückfälle als notwendige Schritte beim Drogenentzug gelten, glaube ich, dass dies auch für das »Tanzen im Dunkeln« mit unserem alten Ich gilt. Es ist nichts weiter als ein kleiner Tanzschritt rückwärts. Und jedes Mal, wenn wir an diesen Ort zurückkehren, erinnern wir uns daran, warum wir ihn verlassen haben.

Sei also bitte nachsichtig mit dir, wenn du rückwärts tanzt. Schon bald wirst du dich besinnen, die alte Version von dir in die Arme schließen und ihr liebevoll zuflüstern: »Genug jetzt, meine Liebe, wir gehen vorwärts, ich passe auf dich auf.«

Und dann bist du weg, zurück in der Zukunft.

Samen aussäen

Ich betrachte mich als Älteste in Ausbildung. Eine Frau, die gelebt, geliebt, gehasst und verletzt hat. Eine Person, die weiß, wie es sich anfühlt, zu fallen und zu fliegen. Eine, die viele Fehler gemacht hat, viele Menschen verletzt hat (vor allem sich selbst), und die Lektionen und Geschenke auf dem steinigen Weg des Lebens gefunden hat.

Eine Frau, die mit ihren Vorfahren und Enkeln Hand in Hand geht. Eine Frau, die ihre Vergangenheit und ihren Schmerz in Weisheit und Wunder verwandelt hat, die sie mit anderen teilen möchte. Eine Frau, die bis heute lernt und stolpert.

Dies sind einige Samen der Hoffnung, die ich heute aussäen möchte. Ich bete dafür, dass manche von ihnen in deinem Herzen landen und du sie, wenn du bereit bist, gießt, damit sie mit dir zusammenwachsen und erblühen. Alles zu seiner Zeit.

- Wann immer dich das Leben in die Knie zwingt, sieh dich genau um, während du dort unten bist. Es gibt IMMER ein Geschenk, das sich im Dreck verbirgt.
- Niemand hat je behauptet, dass es einfach sein wird, aber es wird besser. Das verspreche ich dir.
- Jede schlechte Beziehung lehrt dich, was du nicht willst. Nichts ist umsonst.
- Trauer ist blutende Liebe, und wir sind dazu bestimmt, zu bluten.

- Tränen sind flüssige Tropfen der Liebe.
- Unruhe und Sehnsucht sind Zeichen dafür, dass du in die richtige Richtung gehst.
- An dir selbst zu arbeiten ist das größte Geschenk, das du dir und deiner Familie machen kannst.
- Die größten Hindernisse auf dem Weg zu deiner Freiheit und deinem Frieden sind deine Denkgewohnheiten und Überzeugungen.
- Jedes Mal, wenn du einen negativen Gedanken, eine negative Aussage oder eine negative Verhaltensweise unterbrichst, baust du dir ein neues Leben auf.
- Du bist wirklich perfekt.
- Manchmal haben Engel dunkle Flügel.
- Jeder hat eine Affinität zu einem bestimmten Teil der Natur – finde deinen und suche ihn so oft wie möglich auf.
- Eines Tages wirst du auf diesen Abschnitt deines Lebens zurückblicken und erkennen, inwiefern er zu deinem Werden beigetragen hat.
- Verbindung ist die Antwort. Verbindung mit deinem Körper, deinem Herzen und deiner Seele, deiner Sippe, der Erde, dem Göttlichen. Alles dreht sich um Verbindung.
- Die Liebe ist überall – wir müssen nur lernen, sie zu schmecken.
- Dankbarkeit und (Selbst-)Mitgefühl sind das Heilmittel.
- Die Seele rennt nicht.
- Lass dich vom Leben lieben.
- Jede Person braucht einen Ältesten oder eine Älteste, der oder die sie führt, und eine Gemeinschaft, die sie hält. Finde den richtigen Menschen für dich.

Kritik, Kritik

Die meisten unserer Gedanken sind nicht einmal Gedanken, sondern Kritik.

Und unsere ganze Kritik zeigt uns nur unsere dunkle Seite. Denk mal darüber nach.

Die sieben Todsünden der Moderne

In loser Reihenfolge:

1 Anspruchsdenken – die Welt (und damit auch du!) schuldet mir alles und ich habe das Recht zu nehmen, zu nehmen, zu nehmen! Und scheiß auf dich, dich, dich!

2 Narzissmus – es geht nur um mich, mich selbst und mich. »Sieh dir mein perfektes Leben an – bin ich nicht dünn, reich und fabelhaft?! Siehst du mich?!«

3 Schwatzhaftigkeit – zu viele Worte, zu viel Gerede. Blah, blah, blah, (bitte liebe mich) blah.

4 Überintellektualisierung – blah, füge große Worte ein, bin ich nicht schlau? Blah. Ich habe so viele Bücher gelesen! (Schnarch)

5 Sofortige Befriedigung – Ich will es, und ich will es JETZT! Und nein, ich spare nicht, stehe nicht in der Schlange und warte nicht, bis ich dran bin! Wisst ihr eigentlich, wer ich bin?!

6 Selbstsucht und Machtstreben – ich muss konkurrieren und gewinnen, Recht haben, dir das Gegenteil beweisen, »perfekt« sein und, ach ja, so viel besser sein als du.

7 Das Vergessen – des Herzens, der Liebe, der Seele, der Verbindung, der Demut, des Glaubens, der Gnade, der Wahrheit und des Dienens.

Nur heute

Angenommen, du würdest nur heute einfach mal so tun, als wäre alles in deinem Leben perfekt? Als würde alles, was mit dir und durch dich geschieht, auch für dich geschehen? Dein Leben sollte sich genauso entfalten, wie es ist. Stell es dir vor. Ja, inklusive des ganzen Chaos und der Fehlentscheidungen, der Segnungen, der Kämpfe, der Freuden, sogar des Kummers und der Verluste – alles ist einfach perfekt. Stell dir mal vor …

Handle für heute so, als würde dich das Leben voll und ganz unterstützen. Als gäbe es eine heilige Ordnung im Leben, an die du hundertprozentig glaubst. Das bedeutet nicht, dass du sie verstehen musst oder dass dir gefällt, was das Leben dir mit seinem üppigen »Tagesmenü« auftischt. Es bedeutet auch nicht, dass du den (manchmal bitteren) Geschmack genießen musst, aber es bedeutet, dass du alles vollständig akzeptierst. Vertraue von ganzem Herzen darauf. Nur für heute.

Verhalte dich so, als gäbe es kein Warten, kein Suchen und keine Sehnsucht nach mehr oder nach etwas Besserem. Als wäre der Weg tatsächlich das Ziel. Es stimmt also doch. Und alles, was du in dir hast, ist alles, was du jemals brauchen wirst. Tu so, als ob …

Verhalte dich heute so, als würdest du fest daran glauben, dass diese Worte wahr sind (denn tief in dir weißt du, dass es so ist).

Die Kunst, durchs Leben zu surfen

Das Leben ist ein bisschen wie Surfen. Du kannst am Strand sitzen und zusehen, wie andere surfen und das Leben als Zuschauersport betreiben. Oder du holst tief Luft und wagst dich, zitternd vor Angst, ins kalte Wasser. Jeder hat mal klein angefangen, weißt du.

Zu lernen, wie man durchs Leben surft, ist eine Kunst. Sie erfordert Übung, Vertrauen, Ehrlichkeit und Hingabe. Aber kein einziger Sturz ist jemals umsonst. Man wächst daran. Manchmal hast du das Gefühl, als würdest du andauernd nur vom Brett fallen, ungeschickt, würgend und voller Verzweiflung. Die Wellen erfassen dich und ziehen dich runter, und du sinkst immer tiefer, tiefer und tiefer.

Und manchmal (nach dem 57.000sten Sturz) tauchst du endlich auf, kletterst wieder auf das Brett und gleitest einfach dahin. Perfektion. Anmut und Kraft vereint. Es ist unglaublich … und oh mein Gott, diese Aussicht!!! Das war es wert. Wow! Es raubt dir den Atem. Es ist, als ob du durch dein Leben fliegen würdest. Das Wasser und du, ihr seid eins – was ihr natürlich auch seid. Bis zum nächsten Sturz!

Aber willst du das wahre Geheimnis der Surfkunst erfahren? Das Geheimnis, das nur wenige Champion-Life-Surfer kennen? Okay, komm näher, und ich flüstere es dir zu.

Du musst lernen, die Aussicht sowohl über als auch unter Wasser zu schätzen.

Vergessene Kronen

Misogynie = Abneigung, Verachtung, Misstrauen und tief verwurzelte Vorurteile gegenüber Frauen

Internalisierte Frauenfeindlichkeit = wenn Frauen die bittere Pille der Frauenfeindlichkeit einfach schlucken, ohne sie zu kauen (oder zu hinterfragen), und nicht in der Lage sind, das zu verdauen und zu verstoffwechseln, was nicht zu ihnen gehört. Dies vergiftet langsam ihr Selbstwertgefühl und ihre Fähigkeit, alles zu akzeptieren, zu lieben und zu bewundern, was sie sind. Jeder negative Gedanke, jedes böse Wort und jedes selbstschädigende Verhalten kommt immer wieder hoch und beraubt sie ihrer innewohnenden Kraft.

Während sich die frauenfeindlichen Gifte in ihrer Seele aufstauen, sickern sie durch die Wiederholung von sexistischen und geschlechtsspezifischen Stereotypen, Urteilen und Verhaltensweisen zu anderen Mädchen und Frauen (den vergessenen Schwestern) durch. Und dann fallen die Frauen immer tiefer und ziehen andere mit sich, wobei überall Kronen von Köpfen fallen und Herzen zerbrechen.

Weisheit

Könnte es sein, dass dir nicht etwa irgendetwas fehlt, sondern dass du einfach etwas vermisst?

Und

Irgendwann kam der Moment, in dem ich erkannte, dass es im Leben um das »und« geht, nicht um das »oder«. Es war ein kostbarer (hart erkämpfter) Moment, als ich endlich diesen Punkt der Integration in mir selbst und im Leben erreichte.

Wie vielen von euch war mir beigebracht worden, nur an das »oder« zu glauben:

Dies *oder* das
Gut *oder* schlecht
Echt *oder* unecht
Ich *oder* du
In *oder* out
Stark *oder* schwach

Wie praktisch einschränkend dieses kleine Wort mit vier Buchstaben doch ist! Ein Geschenk des Patriarchats. Wie klein es uns alle hält! Besonders uns Frauen. Du bist entweder schön oder klug. Jung oder alt. Lieb oder aggressiv. Eine Dame oder eine Hure.

Und doch wissen wir Frauen im tiefsten Inneren, dass wir viel zu groß sind, um so klein zu leben.

Oder was?!

Dieses kleine Wort hat mich jahrelang davon abgehalten, mich so zu lieben und zu akzeptieren, wie ich bin. Es hat mich daran gehindert, den ganzen Reichtum des Lebens auszukosten. Denn das Leben (und wir alle, als Teil des Lebens) dreht sich um das »und«.

Ich bin glücklich *und* traurig.
Ich bin einsam *und* verbunden.
Ich bin zerbrochen *und* ganz.
Ich bin verschlossen *und* offen.
Ich bin verängstigt *und* vertrauensvoll.
Ich bin eine stolze Kriegerin *und* eine stöhnende alte Schachtel.
Ich bin Schatten *und* Licht.
Ich bin lustig *und* ernst.
Ich bin verletzlich *und* stark.
Ich bin sterblich *und* lebendig.
Ich bin naiv *und* weise.
Ich bin fünf *und* 5.000 Jahre alt.
Eine Hexe *und* ein Wunder.

Ich bin alles, was ich je gewesen bin. Ich bin alle meine Lebensalter und alle meine Gefühle. Alle Jahreszeiten des Lebens gehen durch mich hindurch.

Ich *bin* die Jahreszeiten. Manchmal alle an einem Tag. Ich bin Frühling, Sommer, Herbst und Winter.

(Obwohl sich der jammernde Alte-Schachtel-Teil immer noch gegen die Kälte wehrt, um ehrlich zu sein.)

Seelentauchen

Es kann eine Zeit lang Spaß machen, im Untiefen zu paddeln. Die Selbstsucht liebt es, gepampert zu werden. Ein Selfie hier, ein Paar Schuhe dort. Hauptsache, Aufmerksamkeit! Blah, blah, blah. Aber früher oder später wird die Bedeutungslosigkeit des Ganzen an deinem Herzen zerren. Du wirst von deinem Handy aufschauen und feststellen, dass du in nur zwei Zentimeter tiefem Wasser ertrinkst.

Deine Frisur ist dahin, wenn du mit dem Kopf untertauchst, und deine schönen Schuhe schwimmen davon. Und dann gehst du unter, immer tiefer, und stellst fest, dass das Leben doch nicht so seicht ist.

Jemand, den du liebst, wird dich verlassen, jemand, den du liebst, wird sterben. Eine Krankheit wird dich heimsuchen. Die Sucht wird dich packen. Und du wirst noch tiefer fallen. Bis du schließlich ganz unten ankommst.

Wenn sich deine Augen an die trüben Tiefen gewöhnt haben, siehst du dort unten zwischen den Felsen (und alten Schuhen) etwas glitzern. Du schwimmst also zu diesem winzigen Lichtschimmer und entdeckst, dass dort tatsächlich dein neues Leben geduldig auf dich wartet.

Du hebst es auf und steigst langsam, ganz langsam an die Oberfläche.

Ein Weckruf

Es gibt ein Aufwachen, und es gibt ein Erwachen. Alles zu seiner Zeit, meine Freundin.

Du machst das toll!

9 Erwachen

Zugehörigkeit

Wenn du eine Meerjungfrau bist, aber versuchst, so zu leben wie ein Mensch, kannst du dich immer nur kriechend fortbewegen, denn Meerjungfrauen gehören nicht an Land. Sie gehören ins Meer.

Erwachen

Einige Lügen, die man dir verkauft hat:

- Mit dir stimmt etwas nicht.
- Es gibt nur eine Art von Figur, die schön ist.
- Du musst immerzu glücklich sein.
- Wut ist böse und sollte um jeden Preis unterdrückt oder verleugnet werden.
- Romantische und familiäre Liebe sind die einzigen Formen der Liebe, die zählen.
- Wir sind getrennte Wesen.
- Der Tod ist das Ende.
- Altern ist der Anfang vom Ende.
- Du musst immer jung und (äußerlich) schön bleiben.
- Das Auto, das du fährst, die Kleidung, die du trägst und die Kilos, die du auf die Waage bringst, sind wichtig.
- Geld macht dich glücklich.
- Erfolg hat mit Karriere und Geld zu tun.
- Beten können nur religiöse Menschen.
- Dein Ego bist du, und was du denkst, ist wahr.

Die Wahrheit sieht so aus:

- Du bist absolut perfekt.
- Dein Körper ist ein Wunder.
- Wut ist die Schwester der Leidenschaft.
- Trauer ist Liebe.
- Du bist dazu bestimmt, verletzt zu werden, zu leiden und zu gesunden – das gehört zum Menschsein.
- Verletzungen sind das Tor zu deiner Verbindung mit dem Göttlichen.
- Das Leben ist ewig, der Tod ist ein Übergang.
- Eine Älteste zu werden, alt und weise zu werden, ist eine der wichtigsten Rollen, die du je übernehmen wirst (nach der Elternschaft).
- Jede Frau wird in irgendeiner Form zur Mutter. Sie wird immer neues Leben in irgendeiner Form auf die Welt bringen.
- Glück ist, ein Auge für die kleinen Dinge zu haben.
- Vergebung wird unwichtig, wenn du mit den Augen deines Herzens siehst.
- Dankbarkeit ist lebensrettend.
- Bäume sprechen, wenn du lernst, zuzuhören.
- Finde Frieden, indem du dem Surrealen des Lebens huldigst.
- Liebe ist alles, was zählt. Dein Herz ist so GROSS, dass du mit deiner Liebe die ganze Welt heilen kannst.
- Instantkaffee ist immer ein Fehler.
- Es gibt keine Fehler.

Positive Schwingungen

Es gibt ein altes Sprichwort, das ungefähr so geht: »Du wirst dich zu einer Mischung aus den fünf Menschen entwickeln, mit denen du die meiste Zeit verbringst.«

Wenn das stimmt, triff eine kluge Wahl.

Höhere Schwingungen – diese Menschen bauen dich auf und verleihen dir Energie. Häufig sind es Führungspersönlichkeiten und Vorbilder. In ihrer Gegenwart fühlt man sich wohl. In ihnen brennt eine Flamme, die dazu beiträgt, auch in dir ein Licht zu entzünden, sodass du von innen heraus strahlst.

Gleiche Schwingungen – ergeben sich, wenn Menschen zur gleichen Zeit erwachen. Es ist ein erfüllendes und anregendes Gefühl, sie um sich zu haben, ein wohltuender energetischer Austausch, ein Geben und Nehmen.

Niedrigere Schwingungen – diese Menschen ziehen dich runter. Durch ihre Negativität saugen sie das Leben aus dir heraus und es ist anstrengend, in ihrer Nähe zu sein (nicht umsonst bezeichnet man sie als »Energievampire«).

Wiedergeburt

Der Tod wird uns alle ereilen. Er ist ein nicht verhandelbarer Teil des Lebens. Menschen, die wir lieben, werden krank und sterben. Leider können wir uns nicht aussuchen, wer, wie, wann oder warum. Manchmal macht uns das so wütend, dass wir am liebsten die ganze Welt in Brand stecken würden. Trauer.

Auf einer tieferen Ebene wissen wir jedoch, dass Widerstand Leiden bedeutet. Der Tod lächelt nur (er hat alles schon mal gesehen) und nimmt uns trotzdem unsere Liebsten. Das ist der Deal.

Wenn wir das Glück haben, lange genug zu leben, müssen wir viele Male sterben. Veraltete Versionen von uns selbst werden langsam und schmerzhaft vergehen; wir gleichen einer Schlange, die sich häutet. Die falsche Version, die oberflächliche, die, die es den Leuten recht machen will und die Kriegerin – sie alle werden irgendwann sterben. Auch die Erfolgreiche und die Starke, ja, und auch die Junge und Schöne. Futsch. All diese Versionen unserer selbst müssen sterben, damit wir wahrhaft leben können.

Und es geht noch weiter …

Einer der schlimmsten Tode, den wir durchmachen müssen, ist der des Egos. Und ganz besonders der Tod unseres Gefühls der Kontrolle. Wenn dieses Element zu sterben beginnt, wehrt sich das Ego mit aller Macht. Mit allen Mitteln. Es versucht verzweifelt, das Unkontrollierbare zu kontrollieren. Bis wir uns schließlich, nach einem blutigen Kampf mit viel Widerstand und Leid, demütig unserem Schicksal ergeben.

Und in diesem Moment werden wir endlich wiedergeboren. Nicht wie ein Phönix, der sich aus der Asche erhebt und sich in leuchtenden Farben in die Lüfte schwingt. Nein, so nicht – wir sind hier nicht bei Disney. Eher wie ein neugeborenes Baby: nackt, verletzlich, nach Luft schnappend und jammernd über das, was es verloren hat, während wir unsere empfindlichen Augen öffnen und die hellen Lichter und warmen lächelnden Gesichter sehen, die uns willkommen heißen.

Lebendig.

Den Traum leben

Du musst die Träume davon, wie dein Leben hätte sein können, betrauern, damit du den Traum, der dein Leben ist, leben kannst.

Das Patriarchat – die wirksamste Schlaftablette für Frauen

Hunderte von Jahren der Anwendung und empirische Beweise belegen ihre Wirksamkeit. Es ist die gleiche Pille, die schon deine Mutter, Großmutter und Urgroßmutter eingenommen haben, um eingelullt zu werden. Du kannst dieses Generationenerbe also vollkommen beruhigt weitergeben. Es ist absolut unschädlich, es deinen Töchtern, Nichten und anderen kleinen, süßen Mädchen zu verabreichen. Beginne früh mit der Eingabe dieser Medikamente, damit sie den größten Nutzen daraus ziehen können.

Im Folgenden sind einige der derzeit erhältlichen Schlafmittel aufgelistet. Vergiss nicht, sie weiterzuempfehlen!

- Vergleiche dich mit anderen.
- Habe hohe Erwartungen an dich.
- Kritisiere dich und andere.
- Beschimpfe dich und andere als schlechte Mutter/Tochter/Schwester/Partnerin/Freundin.
- Kultiviere ein geringes Selbstwertgefühl.
- Sei besessen von deinem Äußeren.
- Stelle keine Ansprüche.
- Setze wenige Grenzen.
- Setze gar keine Grenzen.
- Erfülle die Erwartungen anderer.

- Opfere dich für andere auf.
- Wirf dir dein Scheitern vor.
- Fürchte dich vor dem Älterwerden.
- Fühle dich unzulänglich.

Dosierung: morgens und abends mindestens drei der oben genannten Pillen (du kannst ruhig mehr nehmen, du hübsches Mädchen, es ist deine »Wahl«). Schon nach zwanzig Minuten wirst du garantiert sehr, sehr müde werde. Dann fällst du in einen tiefen, tiefen Schlaf und konzentrierst dich jahrelang zwanghaft auf deine »Unzulänglichkeiten«.

(Anstatt zu erwachen und deine KRAFT, WAHRE IDENTITÄT und BESTIMMUNG zu entdecken).

Nun auch in einem hübschen, mädchenhaften Rosa erhältlich! Und jetzt einmal süß lächeln und runter damit!

Sterben, um zu leben

Wir müssen auf viele Arten sterben, um wahrhaft zu leben. Hier ein paar, die ich selbst erlebt habe.

Der TOD von jemandem und/oder etwas so Wertvollem, dass dein Herz dadurch in eine Million winziger Stücke zerspringt.

Der TOD des unauthentischen Selbst: Die ganzen Lügen, die du gelebt und geschluckt hast, ersticken dich allmählich. Sie werden hochgewürgt, angezündet und verbrannt.

Der TOD der inneren Verteidigung deines Egos: Mit den Lügen stirbt auch das Bedürfnis, Recht zu haben, zu kämpfen und Widerstand zu leisten, zu gewinnen oder besser als andere zu sein oder sich selbst zu optimieren.

Der TOD der Opferrolle: der Schuldzuweisungen, des Selbstmitleids, des Märtyrertums und des unvermeidlichen langen Leidens.

Der TOD deines alten Lebens: Überkommene Beziehungen müssen weichen – überkommene Denk- und Verhaltensmuster ebenso. Das Leben, wie du es kanntest, ist vorüber. RIP.

Der TOD des Leidens am Patriarchat: Alle Nöte wie Ängste, Scham, Unzulänglichkeiten, Sollen und Nicht-Sollen verschwinden nach und nach. Wir fordern unseren Körper, unsere Macht, unsere Stimme und unseren Wert als eine Form des wahren Aktivismus zurück.

Der TOD der Illusion des Getrenntseins: des »Ich, du und wir« – eine Anerkennung der Verbundenheit aller Wesen.

Der TOD des Anspruchs (und seiner nahen Verwandten: der Erwartung): Dankbarkeit für die Fülle, die (dein) Leben ist.

Der TOD der oberflächlichen Liebe: kein Geben, um zu empfangen. Kein Wir und Sie. Lerne, wahre LIEBE zu sein.

Wie bist du sonst noch gestorben, um wahrhaft zu leben?

Weiterverschenken

Wenn ich sterbe und die, die mich lieben, um mich trauern, weiß ich, dass ihre Tränen mich auf die andere Seite zur nächsten Etappe meiner Reise tragen werden. Wie wundervoll es ist, diese Tränen der Liebe geschenkt zu bekommen und mich auf ihnen auf meinem Weg nach Hause treiben zu lassen! Stellt euch vor, wie ich auf dem Rücken liege, sicher gehalten im Meer der Tränen der Liebe, das Gesicht der Sonne zugewandt. Mein Lächeln so groß wie der Ozean …

Ich werde diejenigen, die ich zurücklasse, darum bitten, die Liebe, die sie für mich empfunden haben, weiter zu verschenken. Sie sollen diese Liebe, die sie für mich in sich tragen, an jemanden weitergeben, der sie wirklich braucht. Ich bete dafür, dass sie die Liebe, die sie ursprünglich mir gegeben haben, weiterverbreiten und so vielen Menschen wie möglich schenken – in Form von Güte, Fürsorge, Hilfe, Mitgefühl, Zärtlichkeit und Freude.

Möge jeder einzelne Mensch, der mich jemals geliebt hat, das für mich tun, wenn ich nach Hause gehe. Seine Liebe an jemanden verschenken, der sie wirklich braucht … Damit hätte mein Leben großen Wert besessen.

Und wann immer ihr, meine Lieben, an einem Baum steht, hört genau hin … und ihr werdet mich kichern und vor Freude jubeln hören … YAY!

Ein leeres Gefäß

Wenn du vierzig Jahre alt wirst und dich immer noch nur darauf konzentrierst, das Gefäß zu polieren, ohne zu erforschen, was es eigentlich enthält, ist es kein Wunder, dass du dich innerlich leer fühlst.

(Wenn du weit unter vierzig bist und bereits das Innere deines Gefäßes erkundest, bist du deinem Alter voraus. Glaube mir.)

Das Erwachen der Pandora

Und einfach so bin ich aufgewacht. Nachdem ich über zwanzig Jahre mit geschlossenen Augen durchs Leben gegangen war, häufig unter der Einnahme von Medikamenten, um mich zu betäuben, erwachte ich aus einem tiefen und unruhigen Schlaf.

Endlich konnte ich sehen, hören, fühlen und erleben, was es heißt, wirklich zu leben. Endlich verstand ich, dass das Einzige, an das ich mich jemals hätte erinnern müssen – die Antwort, die ich schon immer kannte – die Liebe war. Und um mich wieder daran zu erinnern, musste ich mein gebrochenes Herz öffnen.

Als wäre es die Büchse der Pandora, brach ich zaghaft das Schloss und die Ketten meines geschundenen Herzens auf, und die Emotionen strömten nur so heraus. Schließlich war es zwanzig Jahre oder länger her, dass ich es sorgfältig verschlossen hatte. Traurigkeit, Wut, Angst, Elend, Verzweiflung … sie alle stürzten aus mir heraus. Ich stieß die Klageschreie eines ganzen Lebens aus. Ich weinte die Tränen der Lebenden.

Und dann, in der Ruhe nach dem Sturm, begegnete ich Hoffnung, Dankbarkeit, Freude und Liebe. Und lud sie ein, zu bleiben.

Tod und Verlust als Medizin

Wisst ihr, was mich zu einem netteren Menschen gemacht hat? Was mir geholfen hat, freundlicher, mitfühlender, fürsorglicher und liebevoller zu werden?

Der Tod und das Sterben.

Der Verlust meiner Mutter und die traurigen vier Jahre, in denen ich zusehen musste, wie sie langsam verblasste, rissen mein Herz entzwei. Mir blieben nur zwei Möglichkeiten: Entweder ich flickte es mit Pflastern der Geschäftigkeit, Alkohol und Arbeit und würde irgendwann traurig, wütend und verbittert werden. Oder ich ließ den Schmerz des Verlustes zu und hoffte darauf, irgendwann dankbar, fröhlich und gesund aus der Erfahrung hervorzugehen.

Ich entschied mich für Letzteres. Ich trauerte tief und schmerzlich. Ich ließ meine Liebe bluten. Ich ehrte den Verlust meiner Mutter und ihr Leben mit meiner Trauer. Ich bin nicht davongelaufen oder habe mich abgewendet (obwohl die Versuchung groß war).

Und wisst ihr, was passiert ist? Ich wurde zu der Person, die ich werden sollte.

Wer hätte gedacht, dass der Tod (und die Trauer über den Verlust) so viel Leben spenden kann? Denn genau das hat er getan. Dieser Verlust gab mir mein Leben zurück.

Glaube

Vielleicht werden deine Gebete ihr Leben nicht retten … vielleicht ist es nicht an dir, das zu tun.

Aber angenommen, deine Gebete tragen dazu bei, dass sie etwas weniger leiden und wahre Liebe erfahren, wenn sie diese Erde verlassen? Ist es das nicht wert, dafür auf die Knie zu fallen?

Verborgene Flügel

Da sind sie, versteckt unter den Hautfalten auf dem Rücken meines Hundes Jasper, der mich treu durchs Leben begleitet.

Man sieht sie deutlich an der Frau, die die öffentlichen Toiletten putzt, die zarten Bewegungen unter ihrem Kittel, wenn sie lächelt und sich bückt, um die Schüssel zu schrubben.

Wenn ich als kleines Kind im Bett lag und Angst vor dem Einschlafen hatte, besuchte mich ein Engel und streichelte mit seinen Flügeln mein Haar. Sein Name war Corinne.

Die »Fremde«, die neben mir auf der Bank saß, als ich als junge, verzweifelte Mutter mit Schlafentzug über Selbstmord nachdachte. »Es ist schwer«, sagte sie, »aber es wird besser, versprochen.« Und als sich ihre unsichtbaren Flügel um meine zusammengesackten Schultern ausbreiteten, glaubte ich ihr.

Ich hörte, wie die unsichtbaren Flügel sanft schlugen, als die Hospizschwester meiner sterbenden Mutter Morphium gab.

Als ich schwer an Corona erkrankt und ganz allein war, spürte ich die Gegenwart von etwas Größerem, das sich neben mich auf mein Bett setzte, und ich wusste einfach, dass meine Hand gehalten wurde. Ich spürte die Wärme der göttlichen Liebe, die mich wiederbelebte.

Ja, es stimmt, ich glaube an Engel. Und du?

Demut

»Geh auf die Knie!«, befahl das Universum.

»ICH GLAUBE NICHT AN GOTT!«, rief das selbstherrliche Ego.

»Ich habe nicht mit dir gesprochen«, antwortete das Universum. »Geh auf die Knie!«

»Aber ich weiß nicht mehr, wie«, flüsterte die Weisheit. »Kannst du mir helfen?«

»Knie dich einfach hin, und sieh dir die Trümmer deines Lebens genau an. Nicht die eigentlichen Scherben, sondern das, was dazwischen liegt und alles zusammenhält.«

»Was für ein Unsinn!!«, schrie das selbstherrliche Ego.

»Sei still!«, erwiderte die kniende Weisheit. »Ich kann nichts Genaues erkennen, aber ich kann es fühlen.«

»Was fühlst du?«, fragte das Universum.

»Unermesslich tiefe, bedingungslose Liebe«, antwortete die Weisheit.

»Aha, du hast sie also gefunden?«, fragte das Universum.

»Wen oder was?!«, fragte die Weisheit.

»Gott.«

Freiheit

Wenn du einen Schmetterling fängst
und ihn in ein Glas steckst, stirbt er,
denn solche Schönheit ist zum
Fliegen bestimmt.

Selbstfürsorge vs. radikale Selbstfürsorge

Selbstfürsorge

Selbstfürsorge beginnt mit der Entscheidung, Tag für Tag und Moment für Moment unsere eigenen Bedürfnisse genauso wichtig zu nehmen wie die der anderen. Es ist wichtig, sich Zeit zu nehmen (auch wenn es schwierig ist), um sich auszuruhen, etwas Angenehmes zu tun und gut für sich zu sorgen. Das fällt nicht immer leicht, wenn wir lange Zeit im Leben vernachlässigt und im Stich gelassen wurden und wir uns daran gewöhnt haben, unsere eigenen Bedürfnisse zu ignorieren. Manche von uns glauben nicht einmal, dass wir solche Fürsorge verdient haben. Erst wenn wir unsere Vergangenheit betrauern, wird Selbstfürsorge in vollem Umfang möglich. Wir können endlich aufhören, uns zu vernachlässigen und allmählich lernen, uns zu lieben. Mit Haut und Haaren.

Radikale Selbstfürsorge

Radikale Selbstfürsorge brauchen wir in jenen Tagen (oder Wochen, Monaten), in denen das Leben uns einen Tiefschlag verpasst und dunkle Nacht in unserer Seele herrscht. Eine Person, die wir lieben, verlässt oder verletzt uns. Unser inneres Kind wird geweckt, und wir fühlen uns völlig allein. Oder wir sind einfach erschöpft von zu viel Arbeit und der Erfüllung der Bedürfnisse anderer. Unser Akku ist leer.

Irgendwann treten wir auf die Bremse und gönnen uns ein wenig liebevolle Zuwendung. Dazu gehören vielleicht eine Bettdecke, Tränen, Filme, Spaziergänge, gutes Essen und ein Nickerchen tagsüber. Radikale Selbstfürsorge kann auch bedeuten, sich krankschreiben zu lassen oder Verabredungen abzusagen, Grenzen zu ziehen und die Illusion der Kontrolle loszulassen. Um Hilfe zu bitten. Zu beten.

Letztendlich geht es darum, für uns selbst da zu sein und uns daran zu erinnern, dass wir es wert sind und es verdient haben. Es ist im Grunde ein Akt tiefer Liebe.

Und damit beginnt die nächste Phase.

Stell dir vor

Stell dir vor, dass die freundlichen Worte, die du dich heute traust, zu einer Fremden zu sagen, lebensrettend für sie sind. Oder für dich. Oder dass das Lächeln, das du jemandem auf der Straße schenkst, ausreicht, um ihn davor zu bewahren, sich vor einen Bus zu werfen.

Angenommen, die ehrliche Wertschätzung, die du heute jemandem entgegenbringst, führt dazu, dass die Person sich nicht mehr so oft in der Toilette einschließt, um zu weinen. Stell dir vor, dass jeder bewusste Akt der Freundlichkeit die Heilung auf der ganzen Welt unterstützt … denn so ist es.

Stell dir vor, du schaltest heute Abend deine elektronischen Geräte aus und sagst einfach allen, die dir nahestehen, persönlich, dass du sie liebst und warum. Angenommen, du würdest die Worte »Es tut mir leid« genauso oft flüstern, wie du »Ich habe recht« sagst. Angenommen, dein Leben im Dienst an anderen wäre die einzige Medizin, die du jemals brauchen wirst.

Und stell dir vor, die Tasse Kaffee und das belegte Brötchen, die du heute kaufst, um sie einem Obdachlosen zu geben, wäre eine heilige Gabe, die du Gott zu Füßen legst – denn genau das sind sie.

Stell dir vor.

Echos

Wenn du lange genug deinen Vorfahren
deine Gebete vorträgst, antworten sie
eines Tages ganz deutlich. Alle zusammen
im Chor. Einstimmig.

Mit deiner Stimme.

Noch einmal zurück ans Feuer

Wenn du dich vorsichtig vom Feuer erhebst und deine Arme und Beine ausstreckst, spürst du, wie die Weisheit all der Worte, die du mit den anderen geteilt hast, in dir widerhallt und sich mit deiner eigenen vermischt. Es ist, als wäre das, was du hier am Feuer gehört hast, die Medizin, nach der du dich gesehnt hast. Es hat dir geholfen, dich wieder mit deiner eigenen, zutiefst intuitiven weiblichen Weisheit zu verbinden. Sie beginnt nun, durch deinen Körper zu fließen, und du spürst, wie die geistige Nahrung, die du erhalten hast, in deinem Herzen und in deinem tiefsten Inneren ankommt. Sie verändert dich, erweitert, vertieft und leitet dich. Sie hilft dir, dich an das zu erinnern, was du nie wirklich vergessen hast.

Du schaust dich nach deinen Freunden und deiner Familie um, deiner Sippe, die noch immer am Feuer sitzt, aber dieses Mal siehst du sie mit deinem erweiterten Wissen und durch andere Augen. Nichts ist mehr wie zuvor. Die Personen und auch alles andere sehen für dich heller aus. Irgendwie lebendiger. Du spürst die Erde unter dir und die Bäume neben dir. Der Himmel scheint noch weitläufiger zu sein als zuvor. Du wendest dich der weisen Ältesten zu und lächelst dankbar, während du dich demütig verbeugst, um dich zu bedanken. Es sind keine Worte nötig, um miteinander zu kommunizieren. Während du das tust, verschwindet sie still und leise und kehrt an ihren Platz in der natürlichen Ordnung der Dinge zurück.

Die Zeit ist gekommen, und in diesem Moment spürst du eine neue Bereitschaft. (Auch wenn du dir noch nicht sicher bist, wofür.) Du streckst die Arme nach deinen Lieben aus und lädst sie ein, sich mit dir ans Feuer zu stellen. Du hörst, wie der langsame, gleichmäßige Trommelschlag deiner Seele lauter und kräftiger wird. Langsam aber sicher beginnst du dich in den Hüften zu wiegen.

Jetzt ist die Zeit zum Tanzen gekommen!

Danksagung

Meine ersten Erfahrungen mit der Weisheit der Ältestenschaft habe ich in der Natur gesammelt, aus mir selbst heraus. Deshalb möchte ich zunächst der großen Mutter meinen tief empfundenen Dank aussprechen. Mutter Erde. Kein Schmerz in meinem Inneren war so groß, dass er nicht durch den Reichtum und die Medizin der Natur gelindert oder geheilt worden wäre. Von den Bäumen bis zu den Blumen, dem Meer, den Bienen, den Bergen und sogar den Spinnen – alles gehört dazu. Danke, danke, danke! Eure tief verwurzelte und uralte Weisheit hat mich schon oft gerettet und mir geholfen, zu mir selbst zurückzufinden. Ich bin die Eure.

Ein herzliches Dankeschön geht an meine Vorfahren, ohne die ich nicht hier wäre. Durch euch bin ich zu der geworden, die ich bin.

Obwohl es bis vor Kurzem keine offensichtlichen Ältesten in meinem Leben gab, weiß ich inzwischen, dass ihr schon immer bei mir wart. Daran denke ich hauptsächlich, wenn ich meine täglichen Spaziergebete spreche und spüre, dass sogar meine Füße von euch stammen, ebenso wie meine Hände, Arme und Beine. Jeder Teil von mir. Ich weiß, dass ihr immer bei mir seid; auch in Momenten des Schmerzes und der Verwirrung habe ich seit jeher gespürt, dass meine Hand gehalten wurde, und dann wusste ich, was ich tun (oder lassen) sollte. Ich spüre auch eure unausgesprochene Freude, die mich durchflutet, und dass die Tränen, die ich weine, ebenso zu euch gehören. Ich werde von euch, meinen Vorfahren, bemuttert, und das ist Medizin für meine Seele. Ich neige mein Haupt, um euch zu ehren.

Mein Dank gebührt auch meinen Eltern – Julie und Albert. Was für großzügige und wunderbare Geschenke ihr mir gemacht habt! Sogar die, die mit einer Kackwurst als Schleife verpackt waren. Für euch, für uns und für mein Leben bin ich sehr dankbar. »Es tut mir leid, bitte verzeiht mir, danke, ich liebe euch.«

Ich danke meiner Lieblingsschwester Corinne, die mich von Anfang an bemuttert hat. Du bist der Wind unter meinen schwabbeligen Flügeln!

Ich danke meinen Töchtern, Gemma und Lucy. Ich liebe euch mehr, als ihr euch vorstellen könnt.

Meinen Enkeln, Louis, Theo und Jax, danke ich dafür, dass ihr mir den Weg gezeigt habt. Es gibt keine Worte, um auszudrücken, wie sehr ich euch liebe. Wenn ihr genau hinseht, werdet ihr mich immer zwischen den Bäumen finden.

Ich danke den vielen Frauen, die mich durch ihre Arbeit (direkt oder indirekt) geprägt haben und die ihre hart errungene Weisheit mit mir geteilt haben, darunter Quanita Roberson, Maya Angelou, Oprah Winfrey, Mary Oliver, Clarissa Pinkola Estés und Caroline Myss, um nur einige zu nennen.

Ich danke meinen »Adoptivschwestern« – Freundinnen, die wie eine Familie für mich geworden sind, darunter Gabi, Vinny, Freddy und Fearne. Außerdem Lilliana, Gill, Foxy, Michelle, Jasmin und Jill. Oh, und auch Simon und Lucas, meinen Schwestern ehrenhalber!

Meiner Agentin Valeria Huerta bin ich zu tiefstem Dank

verpflichtet, weil sie das Potenzial in mir gesehen und mich auf meinem Weg begleitet hat.

Vielen Dank auch an die wunderbare Lizzy von Ebury – ich wusste von Anfang an, dass du es »kapieren« würdest. Vielen Dank für alles!

An alle bei Ebury und Happy Place Books – danke für all eure Unterstützung und eure Expertise!

Ein Dankeschön an die Buchcover-Designerin und unglaubliche Künstlerin Danica Gim.

Eine Verbeugung voll tiefer Dankbarkeit vor den zahlreichen Klient*innen, Kolleg*innen, Engeln, Ältesten und Lehrer*innen, die mich auf meinem Weg begleitet haben, einschließlich meines geliebten Hundes Jasper.

Und schließlich geht mein Dank an jede Frau, die sich jemals vom Leben »gebrochen« gefühlt hat. Es könnte jede treffen.

Wisse, dass du geliebt wirst und dass du nicht gebrochen bist. Du bist ganz. Das warst du immer und wirst es immer sein. Und jetzt atme tief ein und schwimme dem Licht entgegen!

In Liebe die Eure

Donna Lancaster – Älteste in Ausbildung

Wir von GROH wollen die Welt ein bisschen verschönern – mit liebevollen Geschenken, die glücklich machen.

GROH.DE

@die_geschenkverlage

First published as WISE WORDS FOR WOMEN
in 2023 by EBURY PRESS, an imprint of EBURY.
EBURY is part of the Penguin Random House group of companies.

Bildnachweis: Kaya Fonts via Creative Market
Covermotiv: Danica Gim, www.danicagim.com, info@danicagim.com.

Lektorat: Ursula Kohaupt
Übersetzung: Stefanie Schäfer
Satz: Daniela Schulz
Gesamtherstellung: Drukarnia Dimograf Sp. z o.o., Bielsko Biała

Sei ganz du. Weise Worte für Frauen
GTIN 978-3-8485-0302-5
©2025 Groh Verlag.
Ein Imprint der Verlagsgruppe Droemer
Knaur GmbH & Co. KG, München
www.groh.de

MIX
Papier | Fördert gute Waldnutzung
FSC® C018236

1 2 3 4 5